— 書き下ろし長編官能小説 —

おねだり民宿

美野 晶

竹書房ラブロマン文庫

目次

この作品は、竹書房ラブロマン文庫のために
書き下ろされたものです。

第一章　民宿の美女客

「どの人だろう。女の人の二人連れだよな」

特急が止まる市内で一番大きいN駅のロータリーに車を入れて、平野智晶《ひらのともあき》は出入り口の辺りを見回した。

市内で一番とは言っても地方の街なので普段は人の往来がまばらな駅前も、今日はお盆休み連休の最初の日ということもあってか、けっこうな人数が行き交《か》っている。

「あの人たちかな」

昨日から智晶は十二連続の休みに突入していた。智晶は地元の工科大学を卒業し、これも実家の近くにあるメーカーに就職してエンジニアとして働いている。

今年はゴールデンウィーク前後に受注が殺到《さっとう》し、ほとんど休みが取れなかったため、その分を消化しろと会社から命じられた。

（どこかに行きたいところも、特にないしな……）

友達がいないわけではないのだが、なぜかみんな都合が合わず恋人もいないため、一人旅にでも行くしかないのだが、もともとそういうタイプでもないので家で一人ゲームでもして過ごすかと考えていた。

そこに智晶の住む町から大きな山を二つも越えた集落のさらに奥にある、携帯電話の電波も届かない場所で民宿を経営している村松友梨香《むらまつゆりか》から連絡《れんらく》が入った。

お客さんをN駅まで迎えに行かなくてはならないのだが、どうしても行けなくなってしまったから代わりに送迎を頼めないかと言うのだ。

「やっぱりあの二人しかいないよな。ずいぶんとアンバランスな格好だけど」

迎えを頼まれた客というのは、釣りのプロをしているという女性と、その人が連載をしている釣り雑誌の女性編集者らしい。

それらしき女性の二人組がいることはいるのだが、一人はデニムのパンツに丈夫《じょうぶ》そうな生地のシャツを着た登山風のスタイルなのだが、もう一人はタイト気味のスカートに白のブラウス、パンプスと、とても山奥に向かう姿には見えなかった。

「す、すいません。坂根《さかね》様と雪松《ゆきまつ》様ですか？」

キョロキョロと辺りを見回している二人の前に車を停めて、智晶は運転席から降りて声をかけた。

「あ、平野さんですか。どうも坂根倫子《のりこ》です」

すでに智晶が迎えに行くというのも連絡がいっていたのだろう。にっこりと笑顔を見せて倫子は頭を下げてきた。

釣りのプロらしく少し日焼けをした感じの彼女は、鼻筋が通っていて瞳が大きく、ハーフっぽい美女だ。

「S出版の雪松です。どうもご迷惑をおかけします。レンタカーの空《あ》きがお盆で一台もなくて」

もう一人、半袖のブラウスに黒のスカート姿の雪松咲良《さくら》が丁寧に頭を下げた。

どうやら友梨香の民宿の従業員ではない智晶が送迎をするというのも、彼女たちに伝わっているようだ。

(この人は可愛いタイプだな)

くりくりと大きな瞳をした愛らしい顔立ちをした咲良は、人見知りをする性格なのか、智晶からは目を逸《そ》らし気味に話している。

ストレートの黒髪が肩まであり、清楚な感じのする色白美人だ。

「いえ、そんなお気遣いなく。荷物をお積みします」

いくら急遽頼まれたとはいえ、向こうはお客様だ。あまり気を遣わせるわけにはいかないと、智晶は乗ってきた四輪駆動のＳＵＶ車のハッチバックを開いた。

「こういう車に乗ってるってことは智晶くんもアウトドアが趣味なの？」

彼女たちを後部座席に乗せて車を走らせながら、あらためて自己紹介をした。

倫子は三十二歳で下の名前で呼んでくれと人懐っこく言ってきた。明るい彼女とは違ってあまり話しかけてこない咲良は、智晶と同い年の二十四歳だそうだ。

「いえ、これはキャンプ好きの父の車です。僕の車じゃ友梨香さんの民宿にまでたどり着けない可能性がありますんで」

智晶の車はいわゆる普通車で、父親が持つこのＳＵＶ車はタイヤも大きくて車高が高く、浅い川ならそのまま横断出来る、悪路に強いタイプだ。

「えっ、民宿ってそんな場所にあるんですか？」

大人しめな感じの咲良が急に驚いたように声をあげた。

「そうですよ。一番近い集落までは舗装路《ほそうろ》ですけど、そこから三十分くらいですかね、車が一台通るのがやっとの山道です」

都会の人にもわかるように智晶は、車のわだちがついた森の中の道とかテレビで見たことはないですかと、咲良に言った。

「あ、あります……そんな場所とは知りませんでした」

咲良は少し落ち込んだように顔を伏せた。釣り雑誌の編集者だからアウトドアな場所に行くことも多いだろうにと、智晶はルームミラーを見ながら首をかしげた。

「この子、先週までファッション誌の部署にいたのよ。今日もほんとうはいつもの担当の人が来る予定だったんだけど、病気になっちゃって」

横から倫子が言った。

「ああ、それで」

咲良が到底山奥に行くとは思えない、スカートにブラウス姿なのも納得いった。

「すいません。私、なにも知らなくて」

咲良は恐縮したように、服や靴も山用に用意などしていないと呟いた。

「はは、まあ民宿に行く前にいくつか集落を通りますから、雑貨屋さんとかに靴があるかもしれませんから覗《のぞ》いてみましょう」

申しわけなさそうにしている咲良に智晶は優しく声をかけた。

すでに山道に入っているので大きな靴屋さんなどはないが、集落には何でも屋さんみたいな雑貨店があるので、そこでサイズが合うスニーカーかなにかがあれば買えばいい。

「は、はい、ありがとうございます」

智晶と同い年の彼女は少し嬉しそうに笑って頭を下げた。

社会人三年目、智晶もまだまだエンジニアとしては駆け出しで、失敗をすることも多い。不安になる彼女の気持ちもよくわかった。

「でもとんでもない山奥なのに、あの民宿はびっくりするくらい快適よね。もしかして智晶くんも改装に関わった人なの？」

「あっ、はい、そうです。友梨香さんの弟さんが同じ学部の先輩なので、一緒に参加しました」

実は友梨香の民宿は、彼女の祖父母が住んでいた古民家を、ある事情で改装したものだ。

民宿をなんども訪れて、近くを流れる川で渓流釣りをしているという倫子は、その辺りの事情も知っているようだ。

「確か大学の卒業制作だったよね」

二人の会話の意味がわからずに不思議そうな顔をしている咲良をちらりと見て、倫子が言った。

その築百年以上の民宿は、友梨香の祖父母が歳を取って街に引っ越したあと放置されていたのだが、そこを工科大学の学生たちが現代的な自給自足が出来る建物として改造した。

工科大の卒業においては学部によりけりだが、論文のみではなく実際の物を製作して卒業認定を受ける。そこで複数の学部の学生がチームを組み、それぞれの技術を生かしていろんな設備を取り付けたのだ。

友梨香の弟である先輩と智晶はソーラーシステムや建物の近くを流れる湧《わ》き水の沢の流れを利用した水力発電のシステムを、建築科の先輩たちは建物の断熱や耐震強化。そしてバイオ工学部の人が湧き水の水をさらに浄化《じょうか》して使う簡易水道のシステムを作った。

「元は電気だけだったんでしょ」

倫子が言う通り、友梨香の祖父母が住んでいたころは、井戸にくみ取り式のトイレだったのだ。いまは水洗トイレに冷暖房完備で、一応電気は来ているが、月々の料金はほぼ基本料金だけだそうだ。

「そうですね。すごい先輩たちでしたよ」

他にも様々な工夫がされている建物で、完成当時は地元のテレビ局も取材に来たほどだった。

友梨香はその建物を利用して、一日一組限定の宿を始めたのだった。

「へー、そんなすごい建物なんですか」

「だからと言って目の前は崖だしね、油断したら大けがよ」

快適に過ごせそうだと聞いてほっとした様子の咲良を、倫子が少したしなめるように言った。

確かに建物は現代的に生まれ変わったが、山中の一軒家の民宿は前も後ろも斜面で、その間にあるテニスコート三面ほどの平地に建っている感じだ。

とくに夜は完全な暗闇になるので、灯《あか》りを持たずに外に出たりしたら転落の可能性だってあるような場所なのだ。

「はい、気をつけます」

ちょっと天然っぽいところもあるが、真面目そうな咲良は、気を引き締めるように返事をした。

「いらっしゃい。ごめんね倫子さん、どうしても出られなくて」

駅を出発してから約二時間、ようやく民宿に到着すると、友梨香が三人を笑顔で迎えてくれた。

「気にしないでいいよ。若い男の子に送ってもらって楽しかったし」

倫子も笑顔で返して二人の美女が向かい合った。倫子が三十二歳、友梨香が三十歳。年齢が近いからか、なんだか友達同士のような感じだ。

（二人とも負けず劣らずの美人だしな）

倫子がハーフっぽい洋風の顔立ちなら、友梨香は色白で切れ長の瞳の和風美人だ。髪型も倫子はパーマ、友梨香はストレートなので、対照的な美熟女二人はお互いをひきたてあっているように見えた。

（それに二人ともすごいスタイル）

車内にいたときから気がついていたが、倫子はかなりの巨乳であまり身体のラインが目立たないネルシャツを着ていても、胸元の突き出しがすごい。

友梨香もまた同じようなジーンズにシャツ姿なのだが、こちらも乳房の盛りあがりがやけに目立っている。

「そちらのかたが編集者さん？　どうもここの主の村松友梨香です。こんな不便なところまでありがとうございます」

巨大な盛りあがりを向かい合わせる二人に見とれていた智晶は、友梨香の言葉にはっとなって後ろを見た。

「は、はい、雪松咲良です。三日間お世話になります。やっぱりここって携帯電話が圏外なんですねえ」

友梨香に挨拶をしたあと、咲良は自分のスマホを取り出して、雲が垂《た》れ込めている空を見あげた。

「山が邪魔してるのかな」

民宿が建っている場所は山の斜面のわずかにある平地で、後ろ側は崖、数十メートル崖下の川を挟んで向こうも山だ。

だから視界には木が生えた山の緑と灰色の空しか見えないのだが、咲良はぼんやりとそれを見あげている。

「ねえ、彼女、もしかして天然？」

友梨香が、見えない電波を目で探しているような咲良を見ながら倫子の腕を肘でつついた。

「かなりね。いい子なんだけど先が思いやられるわ」

倫子も呆れたように答えている。編集者ということはいろいろと段取りもしないといけない立場のはずだが、咲良を見ているとなんだか親に連れてきてもらった子供のようだ。

（友梨香さんと倫子さんは性格が似てる感じだな）

顔つきに関しては正反対といった二人だが、勝ち気な性格は共通しているように思えた。

だから客と民宿のオーナーという立場を越えて仲がいいのかもしれない。

「きゃ、きゃあああああああ」

美熟女二人をそんな気持ちで見ていると、咲良が山にこだまするくらいの悲鳴をあげた。

そばにいた智晶は背中を引き攣《つ》らせ、友梨香と倫子も目を見開いて驚いている。

「むっ、虫、いやあ、いやあああ」

大きな瞳を涙目にした咲良は自分の胸元を見つめながら、タイトスカートの腰をくねらせている。

少し開いたブラウスの胸元を見下ろす彼女の視線の先には、二匹の小さなてんとう虫がいた。

「む、虫って、ええっ」

どんな大きな虫かと思ったら、オレンジ色をした可愛らしいのが二匹だ。

胸元から露出《ろしゅつ》している肌の部分にはりついているだけなので、いやなら手で摘《つ》まんで逃がせばいいだけだ。

「いやああ、取って、早く、ああっ」

咲良は必死でブラウスの胸元のボタンを外して絶叫している。

ブラウスと同じ白のブラジャーが覗き、美熟女二人にも負けないくらいのボリュームがある巨乳の上部分が見えた。

「えっ、ええっ、取ってって、自分で」

もう咲良は涙を流して腰をくねらせ、智晶のほうを見つめている。

ただスズメバチのような危険な昆虫ならともかく、小さなてんとう虫二匹にどうしてこんなに大騒ぎしているのか理解出来ない。

「む、虫、無理なの。いやああ、取って、やああ」

眉をハの字にした怯《おび》えた顔で咲良は訴え続ける。都会の女性は田舎《いなか》で育った智晶とは感覚が違うのかもしれない。

「は、はい、取りますよ」

ただ様子からして放っておいたら咲良はおかしくなってしまうかもと思い、智晶は彼女の持ちあげられた上乳のところにいた一匹を、摘まんで取った。

少し触れた色白の肌はツルツルとしていて、なんとも感触がよかった。

「いやああ、入ってきた、早く、早く取って、お願い」

一匹が去ったことに驚いたのか、もう一匹のてんとう虫がくっきりと浮かんでいる胸の谷間に潜り込んでいった。

「と、取れって言われても、ええっ」

谷間に消えていった虫を捕まえるには、そこに手を突っ込まなくてはならない。

さすがにそれはと智晶は躊躇《ちゅうちょ》した。

「もぞもぞしてるよう、早く、ああっ、いやああ」

咲良はさらに身体を揺する。するとブラジャーのカップから上乳をはみださせている巨乳がブルブルと上下に弾《はず》んだ。

「は、はい、いくよ」

もうどうしようもないと、智晶は手を谷間に入れててんとう虫を探す。

艶《あで》やかな肌の吸いつきとフワフワとしたマシュマロのような柔らかさがたまらないが、あまり楽しむわけにもいかず、てんとう虫を指で摘まんで取り出した。

「はい、もういませんよ」

二匹目は谷間から取り出すと同時に羽を広げて飛んでいった。

「あ、ありがとうございますう、私ほんとうに虫が苦手で」

一気にほっとした表情になった咲良は、智晶の手を強く握ってきた。

手のひらは汗がびっしょりだ。彼女がどれだけパニックになっていたか伝わってくる。

「あの服を……」

「あっ」

手を握ってくれるのは嬉しいが、胸元は大きくはだけたままだ。

あまりじっと見ているわけにもいかず智晶が声をかけると、咲良は慌ててこちらに背中を向けてボタンを留めた。

「あらあら、若い二人が早速いい雰囲気じゃないの」

倫子と友梨香がニヤニヤと笑いながらこちらを見ていた。

よく考えたら同性の二人のどちらかがてんとう虫を取ってくれたらよかったのに、わざと面白がっている様子だ。

「もう、智晶さんに迷惑です。そんなこと言ったら」

耳まで真っ赤にした咲良が腕をぶんぶん振って二人に文句を言っている。

彼女はどちらかといえば小柄なほうなので、そんな仕草も可愛らしい。

「ほー、もう下の名前で呼んじゃってるの？　へー最近の子は早いのねえ、おばさんにはびっくりだわ」

普段は年齢の話をしたら怒るくせに友梨香は楽しげにからかっている。

「ご、ごめんなさい、反射的に」

確か車の中で下の名前で呼んでくれていいと言ったが、咲良はそんな失礼はと答えていた。

「い、いや、別にかまいませんよ僕は」

二人ともになんだか気恥ずかしくなって照れあってしまった。

智晶はさっきの涙に濡れた瞳を恥ずかしそうに瞬《またた》かせる咲良が可愛くて、ずっと見とれてしまうのだった。


「じゃあ僕はこれで帰ります」

可愛い咲良をもう少し見ていたかったが、彼女たちの荷物を下ろしたら役割も終わりなので、智晶は皆に挨拶をして自分の車に向かおうとした。

「なにいってるの智晶くん。まだやることたくさんあるよね。今日はまとまった雨が降るらしいし、泊まっていけば、君も」

背を向けた智晶の肩をがっちりと摑《つか》んで友梨香が不気味に笑った。

「ついでにメンテナンスとか大雨対応もお願いしたいし」

わかっているくせにとでも言いたいのか、笑顔のまま友梨香はさらに強く智晶の肩を握ってきた。

「やっぱり……」

そう言ってくるのはある程度予測していた智晶は、逃げ損なったと後悔した。

「うふふ、よろしくねー、私はご飯の準備とかあるから」

ようやく手を離してくれた友梨香は、ジーンズの頑丈な布もはち切れそうになっている色っぽい巨尻を揺らして去っていった。

「雨か……」

空を見あげると、かなり厚めの雲が覆《おお》っている。山間部の雨は街中の何倍も降ることがあるので、準備をしておくに越したことはない。

「明るいうちに全部チェックしないとな」

こうなることもあろうかと予測して、智晶は工具や泊まりに備えた着替えも用意していた。

どんよりとした空を見ながら、智晶はまずははしごを用意して、ソーラーシステムの点検のため屋根にのぼる準備から始めた。

「あとは水の引き込みだけか。大雨になるならバルブを閉めようかな」

民宿の建物の裏側にある飲み水用の浄化タンクを点検しながら、智晶は呟いた。

ここから山の斜面を少しあがった場所には湧き水がいくつか集まった沢があり、けっこうな水量となって崖下の川に注《そそ》いでいる。

友梨香の祖父母が住んでいたころは井戸を利用していたらしいが、大学の先輩たちは沢から水を引き込んで浄化して生活用水とし、さらにタンクを満杯にしたあとの水を利用してタービンを回す小型の水力発電システムまで作った。

「これがあるから夜でも自家発電出来るんだよな」

電線は来ているのでそれも利用出来るが、自然の力のみで二十四時間電気が供給出来るのだ。

さらに発電した水は民宿横の小さな池に注ぎ込まれたのち、下の川に送られる。それらがすべてポンプなどを使わずに高低差だけで構築されていた。

「よいしょっと」

これも先輩たちが作った石段の階段をのぼって、智晶は沢に行って水門のバルブを閉めた。

日の高い時間はソーラーで発電しているし、送電線を通した電気も来ているから水力発電を止めたからといって問題はない。

万が一停電が起こっても大型のバッテリーがあって冷蔵庫だけは十時間くらい維持出来る準備がされていた。

「これを閉めてと……水門も異常なし」

沢の水を呼び込んでいる小さな水門のバルブを閉めながら、コンクリートで作られた本体に破損などがないか確認する。

高度なシステムを持つこの民宿だが、唯一といっていい問題は機械類がすべて一点物であることだ。

修理となってもこれらの製作に関わった人間でないとすぐには出来なかったりする。先輩たちもそのほとんどは就職などで地元にいないので、智晶がこうしてたまに点検をしていた。

「うん、うまい。これなら浄化槽いらないよ」

水門を閉めたあと、目の前をけっこうな勢いで流れていく沢の水を手ですくって飲んでみる。

夏は冷たく冬は暖かく感じる湧き水は、少し甘みがあり下界では味わえない自然の恵みだ。

「さてこれで全部終わりかな」

いい水を呼び込める水門だが、大雨が降って増水しそうなときはこの門を閉めておかないと水が流れ込み過ぎてタンクや発電タービンが故障する場合がある。

まあよほどの大雨でない限りはそんな心配はないのだが、今夜はかなりの雨量になりそうな予報なので念のためだ。

「あれ、雪松さん」

沢から石段を降りてきたら、浄化槽と発電機を通ったあとの水を流している池の前に咲良が一人で立っていた。

「すいません、ちょっと靴を試し履きに」

服装は山に似合わないタイト気味のスカートに半袖のブラウスだが、靴は最初のパンプスから途中の集落で購入したスニーカーに変わっていた。

「さっきはすいません大騒ぎして……私、ほんとうに虫が苦手で」

顔を赤くした咲良は、智晶から目を逸らしながらボソボソと呟いている。

「そんなの気にしないでください、雪松さんは田舎は初めてなんですか？」

彼女が照れるから智晶も恥ずかしくなって顔が熱くなる。色白の肌が覗くブラウスの胸元が視界に入ると、さっきの柔乳の感触が蘇ってきた。

「そ、そうです。東京からほとんど出たことがなくて……あとあの、私も智晶さんって呼んでしまったし……咲良でかまいませんので」

自分のことも下の名前で呼んで欲しいと言って、咲良はまた俯《うつむ》いた。

「それにしてもここの建物すごいですね。見た目は古い家なのに中はすごく快適で」

せり出した瓦の屋根を、焦《こ》げ茶色をした太い柱が支え、壁も漆喰《しっくい》で戦前に建てられた建物の雰囲気そのままだ。

その趣を残しつつ、中では現代的な暮らしが出来るように改装するというのが、先輩たちの卒論のテーマだった。

「私なんて文系の学部だったから、なにもしてこなかったなあ」

感心したように、もう現在では手に入らないと言われている一本の杉の木のみを使った梁を見あげて咲良は感動したように呟く。

そんな彼女の足元を緑色の物体が跳ねていった。

「あっ、カエルだ。可愛いですね」

それは小さなアマガエルだった。池の近くにいたのが雨が降るのを察知して建物の陰にでも隠れようとしているのかもしれない。

鮮やかな緑色のカエルを見て、咲良は声を弾ませている。

「カエルは平気なんですか、咲良さん」

てんとう虫で泣き叫んだ彼女が、カエルは平気そうにしているのが意外だった。

「はい、虫はあの足が苦手なんです。あはは、可愛い」

地面にしゃがんで咲良は白い歯を見せて笑っている。

（いや、咲良さんもなかなかに可愛いよ）

大きな二重の瞳、丸顔で張りのある白い頬《ほお》。アイドルにいそうな感じの愛らしいルックスの咲良に智晶は見惚れていた。

「ん？　誰だ」

しゃがんで折りたたまれた両脚の膝も艶《つや》やかで、それをじっと見つめていると、民宿の庭のほうでエンジン音がした。

車の物ではなくバイクの音だ。友梨香は乗らないので誰かがやってきたのだ。

「あっ、お兄ちゃんじゃん久しぶり」

バイクはそのまま智晶と咲良がいる裏口の前に入ってきた。

オフロードタイプのタイヤが大きなバイクから降りてきたのは、智晶も知った顔だった。

「瑠衣《るい》ちゃん、帰ってきてたの」

ヘルメットを脱いだショートカットの少女は、ここから一番近い集落にある家の娘の田中《たなか》瑠衣だ。

ここを改装した際に智晶を含《ふく》めた学生たちは、田中家にある離れに寝泊まりさせてもらっていた。

瑠衣は当時、高校生だったが、卒業して東京の短大に進んだと聞いていた。

「そうだよ夏休みだし。バイト代わりにここを手伝ってるんだよ。猪肉を持ってきたんだ」

背負っているリュックをポンと叩いて、瑠衣は笑った。

褐色の肌に澄んだ瞳の瑠衣は当時から美少女だったが、東京に行って少し色白になり、美しさに磨《みが》きがかかっている気がした。

「あっ、お客様ですか？　いらっしゃいませ」

池のそばにしゃがんでいる瑠衣がにこやかに挨拶をする。底抜けに明るいところは高校生のころと変わっていない。

（うわっ）

同じなのはやけに無防備な性格もだ。今日、彼女は下はジーンズだが、上はタンクトップで、大きく前屈みになると隣に立つ智晶から中が見えてしまった。

白のブラジャーのカップからはみだしている乳房は細身の身体に反《はん》してふくよかで、強い張りを感じさせた。

「ねえ、お兄ちゃん。この時間にいるってことは今日は泊まりなの？」

瑠衣はどうしてかはわからないが、改装に参加していた学生の中で智晶のことだけをお兄ちゃんと呼んでくる。

そして無邪気に笑って智晶の腕に腕を回してきた。

「妹さんですか？　雪松咲良です、明後日までお世話になります」

初めてここに来た咲良がそう思うのも当たり前で、彼女はにこやかに頭を下げた。

「違いまーす、でも大好きだからずっとお兄ちゃんって呼んでるんです」

「えっ」

兄妹ではないと聞いて、咲良が怪訝《けげん》な顔をしている。逆に瑠衣のほうは楽しそうに笑っている。

「ば、馬鹿なことばっかり言ってないで、早く仕事しろよ」

瑠衣の口調は少し挑発的な感じで、三人の間になんともいえない微妙《びみょう》な空気が流れる。

しがみつく瑠衣の腕を振り払おうとするが、がっしりと抱えられ、大きく膨《ふく》らんだ乳房が押し付けられている。

「だーめ、じゃあ手伝ってよ。あ、咲良さんごゆっくり」

驚き顔の咲良を尻目に瑠衣は智晶を強引に引っ張っていこうとする。

「ちょっと、なに考えてんだよ」

客と従業員の関係だというのに、瑠衣の態度はやけにとげがある感じがする。

それに違和感を覚える智晶だったが、同時に咲良が、瑠衣と自分の関係をどう思っているのか、なぜか気になっていた。


「これは明日は釣りは無理かもねえ」

日が沈むころには雨が降り出し、かなりの量が降り注いでいる。

用心のため雨戸が閉められているが、それでも庭の土を叩く雨音が聞こえてくるくらいだ。

雨は朝にはあがると言われているが、民宿から崖を降りたところにある川は増水したまましばらく引かないだろうから、釣りなど出来ないだろうと倫子が嘆いていた。

「まあ明後日なら、支流のほうにいけば釣れると思うよ」

古民家である民宿は二階建てで、一階は広間とお客さん用の部屋で、二階に友梨香の生活スペースなどがある。

「まあこんな美味しい猪肉を食べれただけでも、来た価値があるわ」

今日の夕食は瑠衣がバイクで運んできたイノシシの肉がメインだった。

「ありがとうございます。父に伝えておきます」

釣りで全国に行くので猪肉もけっこう食べたがなかなかこんなに美味しいのはないと倫子が褒め称えると、そのイノシシを撃った猟師兼農家の娘である瑠衣が嬉しそうに笑った。

「撃ったあとの処理もいいいんだろうね。そんな話を聞いたことがあるよ」

広間は二間続きなので襖を取り払えばかなり広く、皆で瑠衣が持ってきた猪鍋を囲んでいた。

本来ならお客様に食べていただいてから従業員たちの食事となるのだが、友梨香とほとんど友人のような関係の倫子がせっかくだから一緒に食べようと言い出したのだ。

さすがにビールを飲んでいるのはお客さんである倫子だけだが、猪鍋を囲んでけっこう盛りあがった。

「ちょっとトイレ」

夏の鍋で汗をかき、湧き水で淹《い》れた麦茶を飲みすぎた智晶は、席を立ってトイレに向かった。

(シャワーの音がしてる……)

トイレに行くには廊下を歩いて風呂場の前を通る。

中から水の音がするのは、咲良が一足先に風呂に入っているからだ。

(柔らかかったな)

彼女がいま裸でいると思うと、昼間、手を突っ込んだ乳房の谷間の感触が生々しく蘇ってくる。

柔らかくて吸いつくような白肌はなんとも心地よく、忘れられそうにない。

(お尻も大きいし、清楚な感じなのに身体はエロいって……)

胸だけでなく、タイトスカートがはち切れそうな下半身も淫靡《いんび》だった。

生真面目そうな性格なのに身体は肉感的だというギャップが、なんとも男の欲望をかきたてた。

「いかん……なに考えてんだ俺は」

今日出会ったばかりの女性の前で邪な気持ちが態度に出てしまったら、セクハラととられても仕方がない。

倫子と友梨香はいずれ劣らぬ美熟女。瑞々《みずみず》しい愛おしさを持つ瑠衣。そして清廉な中にも色香を溢《あふ》れさせる咲良。

美女たちの中で男一人という状況に自分はちょっとおかしくなっていると、智晶は思った。

「きゃあああああああ」

変な目で咲良たちを見て怒らせたりしたら、ここの経営者である友梨香に迷惑をかけてしまうことになるから気をつけなければと自戒したとき、聞き覚えのある絶叫が風呂場の中から響いた。

「いやあああ」

風呂場の隣にある脱衣所の扉が勢いよく開き、白い身体が飛び出してきた。

「えええええ」

今度は智晶が絶叫する。ずぶ濡れのままの咲良は小さなタオルを身体の前に当てているだけで、肉感的な身体のほとんどは丸出しになっていたからだ。

「足、足がいっぱいの虫があああ」

ただ咲良のほうはそんなことを気にしているどころではない様子で、風呂場のほうを指差しながら涙目で廊下にへたり込んでいる。

「は、はい、駆除します」

普通のタオルで彼女のグラマラスな身体が隠しきれるはずもなく、片側の巨乳が完全にこぼれて、ピンク色の乳首が顔を出している。

後ろ側は完全に丸出しで、ムチムチとしたお尻が廊下の床板に押し付けられて柔らかそうに形を変えていた。

(見ちゃいけない)

ずっと見ていたくなるくらいの白く艶《なま》めかしい肉体だが、智晶は懸命に視線を外しながら殺虫剤を取りに行く。

ついでに大きめのプライヤーも工具箱から取り出してきた。

「やっぱりムカデか」

足が多いという咲良の悲鳴から予測していたが、風呂の中に現れた虫は大きめのムカデだった。

素手で触れて噛《か》まれたりすると大の大人でも絶叫するくらいの激痛に襲われる。

「咲良さんが噛まれなくてよかったよ」

ただ動きが速い虫ではないので、プライヤーで挟んで押さえつけてから殺虫剤をふりかける。

もし彼女が嚙まれたりしていたら一生のトラウマものだっただろう。

「はい、もう殺しましたから大丈夫ですよ」

ビニール袋を持ってきて死んだムカデを入れたあと、廊下にへたり込んだままの咲良に声をかけた。

「あ、ありがとうございますう、いっ、いや、見えてる」

智晶が近づいた瞬間に咲良は廊下を後ずさりして、壁に背中があたるまで逃げた。

自分が裸であることに気がついて驚いているのか。

「すいません、あれっ」

見てはいけなかったと智晶は顔を背《そむ》けようとするが、彼女の視線が自分の手のほうに向けられていることに気がついた。

それに裸を見られていることにびっくりしているわりには、タオルの横から巨乳やピンクの乳首ははみだしたままだ。

「む、虫っ、いや」

彼女の言葉にはっとなって先ほどムカデを入れた白いスーパーのビニール袋を見ると、中が少し透けて見えていた。

「す、すいません」

もう死んでいるので動いてはいないが、それでも咲良は怖いのだ。

智晶は自分の背中側に袋を隠して見えないようにした。

「あ、ありがとうございます。やだ、廊下がびっしょり」

視界からムカデの姿が消えてほっと息を吐いた咲良は、濡れたままの身体から垂れた雫《しずく》が廊下を濡らしていることに気がついて、手にしたタオルで拭《ふ》き始めた。

「ぶはっ」

身体を隠していたタオルで拭く彼女が四つん這いになったため、それを真横から見る形になった智晶の前でたわわな二つの双乳がこぼれ落ちた。

下向きの状態の下でさらに大きさを増しているように見える、男の手でも覆いきれないようなサイズのバストが薄桃色の乳首と共に弾んでいて、智晶は呆然となった。

「あ、きゃあ、やだ私、裸だった」

もし後ろからの角度なら犬のポーズで突き出されたお尻の奥にある女のすべてが丸出しになっていただろう。

智晶の吹き出した声を聞いて咲良はようやく自分が恥ずかしい姿でいることを自覚した様子だ。

「す、すいません、私とんでもない姿を」

一瞬で顔を真っ赤にした咲良は身体を両手で隠すようにしながら風呂場に向かって走り出した。

智晶の目の前をたっぷりと実った巨尻がよじれながら通り過ぎていき、漆黒の陰毛もちらりと見えた。

「あらあ、なんか二人いい雰囲気じゃない？」

「あはは、いいわねえ、若い人は」

急に声が聞こえてはっとなって後ろを見ると、倫子と友梨香が笑い、瑠衣が少しムッとしたような顔で広間のところから顔を出していた。

「そ、そんなんじゃないですよ」

智晶はごまかすようにいいながら、廊下を早足で駆け抜けて、ビニール袋を捨てに行った。


「雨の音はそれほど気にならないけど」

民宿の二階にはいくつかの空き部屋があり、そこに一人で布団を敷いて智晶は床についていた。

部屋の灯りを消すと静かに雨の音だけが聞こえる。改装時に建築科の先輩たちが丁寧に防音加工もしているので、この豪雨の音もうるさいほどではなかった。

「眠れるわけねえよ」

雨音が心地よくても、智晶は目がギンギンに冴えていて眠気などまったくない。

昼間の柔らかい巨乳の感触。四つん這いになった際の咲良のトランジスタグラマーを絵に描いたような肉感的な身体。

目を閉じるとそれが浮かんできて、眠れるはずなどなかった。

「もう無理だ……しよう」

自宅でもない場所でオナニーをするのは気が引けるが、このままだとほんとうに一睡も出来なさそうだ。

なにもない畳の部屋に敷かれた布団の上で、智晶はずっといきり立ったままの愚息を握りしめた。

「うふふ、眠れないの？」

そのとき廊下との仕切りである襖のところから、女の声がして智晶は跳び上がった。

「ゆ、友梨香さん」

古民家なのでついに幽霊がと思ったが、暗闇の中で目をこらすと、襖が少しだけ開いていて、そこから友梨香が覗いていた。

「もぞもぞしてどうしたのかな」

襖がゆっくりと開いて友梨香が入ってきた。廊下は薄灯りがともされたままなので、彼女のスタイルのいい身体が逆光に浮かびあがった。

「ちょ、ちょっとなんですか？」

友梨香は裾が長めのTシャツ姿で、白く艶やかな足が丸出しだ。

開けた襖も閉じずに部屋に入ってきた友梨香は、そのまま智晶の布団に入ってきた。

「あんなエッチな身体見ちゃったら、ここが収まりつかなくて大変だろうと思って」

寄り添うように横になった友梨香は、寝間着代わりに穿《は》いている智晶のハーフパンツの中に手を突っ込んできた。

「うわっ、ちょっと友梨香さん」

智晶は身体を捻《ひね》って逃げようとするが、彼女の手はやけに素早く、智晶の肉棒を生で握ってきた。

「あらら、ギンギン。私としてるときよりも硬いんじゃない？　やっぱり若い子の裸を見ると興奮度が違うのかな」

「そ、そんなわけないでしょ。というより今日はお客さんも瑠衣ちゃんもいるのに」

自分から襲っておいて不満げに頬を膨らませる友梨香に、智晶はなぜか言い訳がましいことを言ってしまう。

二人がこんな会話をしているのは、すでに肉体関係があるからだ。

「私の身体でも同じくらい興奮してくれるの？　嬉しいこといってくれるじゃない」

いったん智晶の股間から手を離して起きあがった友梨香は、膝立ちになってTシャツを大胆に脱ぎ捨てた。

黒いパンティだけの姿になった彼女の身体が、襖の隙間から差し込む光に浮かびあがる。

「いや話、聞いてますか？」

ここの民宿を改装した先輩たちは、友梨香の弟も含めてほぼ全員が地元を離れて就職していて、中には海外にいる人もいる。

だから機械のメンテナンスはほぼ智晶一人で担っていて、日によっては今日のように泊まりになることもあった。

お客さんがいないに日に泊まった際に酔っ払った友梨香に襲われたのがきっかけだ。

「あらー、若い子の身体を知っちゃったから私みたいなおばさんに興味はないの？」

こんなことを言っているが、友梨香はまだ三十歳になったばかりで、しかもスタイルはかなりいい。

山生活が自然な運動になるので全身が引き締まってスリムなのに、お尻は九十センチ、バストはGカップもあった。

「いや、友梨香さんは充分に綺麗で……じゃなくてですね。今日は二人きりじゃないっていう話ですよ」

たわわに膨らんだ巨乳を揺らしながら、覆いかぶさってきた友梨香に文句を言ってはいるが、智晶は強く拒絶出来ない。

切れ長の瞳をとろんとさせて迫ってくる美熟女はなんとも色っぽく、魅入られたようになってしまうのだ。

「大丈夫よ、お客さんは一階だし、瑠衣ちゃんは寝たら起きないし」

まるで話を聞くつもりがない様子の友梨香は、強引に智晶のハーフパンツとパンツを脱がせてしまう。

ずっと勃起《ぼっき》している怒張が、バネでもついているかのような勢いで飛び出した。

「うふふ、相変わらず大きいわねえ」

智晶の肉棒は人並みよりもかなり大きく、先輩たちにもよくいじられていた。

そして友梨香は血管を浮かべてそそり立つコレを見ると、目の色を変えるのだ。

「ふふ、咲良さんのことを考えて大きくしてたんだと思うと少し腹が立つけど、たまらないわ、これ、ん、ん」

淫靡な視線を仰向《あおむ》けの智晶に向けた友梨香は、厚めの唇で亀頭部になんどもキスをしてきた。

彼女は性に積極的というか、智晶とは別に恋人になったわけではないのに、いつも来るたびに求めてきた。

「だめですって、くう、ううう、んん」

いけないと思いつつも、男の敏感な亀頭部に彼女の舌が這い回り始めると、智晶は腰を震わせて喘《あえ》ぐだけになる。

普段は勝ち気でさっぱりした性格の友梨香が、別人のように瞳を輝かせながら肉棒にしゃぶりつく姿に、いつも智晶は流されてしまうのだ。

「んん、んく、んんんん、んん」

文句を言いながらも抵抗しない智晶の怒張を、友梨香は大胆に唇を開いてしゃぶりだす。

智晶の目から見ても少し苦しいのではないかと思うくらい、友梨香は深く野太い逸物を飲み込んで頭を動かす。

「ん、んん、んく、んんんんん」

この辺りはさすが熟女《じゆくじよ》というか、巨根にも怯むことなく長い髪とGカップの巨乳を揺らしてフェラチオを繰り返す。

亀頭から張り出したエラがなんども彼女の口腔の粘膜を擦《こす》り、そのたびに強い快感が突き抜けていった。

「はうっ、友梨香さん、くううう、うう」

いまは恋人もいない智晶は、女性の温もりは久しぶりだ。ここにメンテナンスにくるといっても数ヶ月に一度くらいだからだ。

腰が勝手に震えるような甘いしゃぶりあげに智晶はただ身を任せていた。

「んんんん、んく、んんんん、んんんんん」

友梨香のほうも久々の巨根に溺れるように、いつもは鋭ささえ感じさせる瞳を妖しく潤《うる》ませながら頬をすぼめて味わっている。

大きく上下する顔もほんのりと上気し、なんとも女の色香を感じさせた。

「くうう、友梨香さん、僕だって」

一階はともかく、隣にある友梨香の部屋には瑠衣がいるはずだが、確かに彼女は高校時代も寝起きが悪くて毎朝母親にたたき起こされていた。

だから気がつかないと信じて、もう智晶も欲望のままに友梨香が唯一身につけている黒パンティに手を伸ばした。

「んん、んく、んんんん」

仰向けの智晶の身体の横から友梨香が覆いかぶさる体勢になっていたので、腕を伸ばせばパンティの中に手を入れられた。

みっしりと生い茂った草むらを掻《か》き分けて、女の裂け目に指を押し込んでいく。

(すごく濡れてる……)

もう股間はぐっしょりで、触れたとたんに粘っこい愛液が絡《から》みついてきた。

フェラチオする前からすでに昂《たか》ぶっていたのだろうか。思えば智晶はこの友梨香に女性にも性欲があることを学んだ気がする。

「んんん、んく、んんん、んん、ぷはっ、だめよ、あああ」

指を動かして秘裂の上部にある肉芽を転がすようにすると、友梨香は黒パンティのお尻をくねらせながら肉棒を吐き出した。

熟《う》れた感じのする大きな尻たぶが黒い布を食い込ませて揺れている。

「友梨香さんが迫ってきたんでしょ」

いまさら嫌がられてもと、智晶はさらに激しく手を動かしてクリトリスをこねるように愛撫する。

「ああっ、だって、ああっ、いまは私がしてるのに、あっ、あああ」

大胆に夜這いしてくる友梨香だが、責められることにはけっこう弱く、感じ始めるとされるがままになることが多い。

そんなところも、ギャップがあって男の欲情をかきたてるのだ。

「もうドロドロじゃないですか。舐《な》めてるどころじゃないでしょ」

さらに奥にまで指を滑り込ませ、膣の入口を大きくかき回す。

愛液にまみれた媚肉《びにく》からクチュクチュと粘り気のある音があがり、友梨香の身体が引き攣った。

「あっ、ああん、うっ、うん、もう欲しいよ、ああっ、あああ」

横から智晶に覆いかぶさる形の身体をガクガクと震わせて、友梨香は切なそうな顔で訴えてきた。

半開きの唇からずっと甘い息が漏《も》れ、薄明かりに照らされている巨乳もかなり上気しているように見えた。

「わかりました」

もう智晶も腹を括《くく》り、起きあがってTシャツを脱いだ。

全裸になった身体を友梨香の後ろに持っていき、彼女のよく引き締まった腰を後ろに引き寄せた。

「あっ、いきなりこの格好からなの？」

うつ伏せの体勢だった三十歳のグラマラスな身体が四つん這いになり、友梨香は恥ずかしそうに声をあげる。

ムチムチとしたお尻の肉にパンティがさらに食い込んだ下半身を揺らし、泣きそうな声で友梨香は恥じらっているが、本気で嫌がっているようには見えない。

（お尻がエロ過ぎる……）

この女をとことん狂わせたい、そんな牡《おす》の支配欲が燃えあがり、一つ屋根の下に他に三人もの人間がいることも忘れ、パンティを勢いよく引き剝《は》がした。

「ああ、智晶くん、あああっ」

ついに一糸まとわぬ姿になった友梨香が艶のある声をあげる中、智晶は彼女の唾液《だえき》に濡れ光っている怒張を前に押し出す。

「くっ、友梨香さん、中、熱い」

ねっとりとした液体にまみれた女の肉が亀頭に吸いつき、燃えあがった友梨香の膣の熱さに智晶は思わず声をあげてしまった。

「ああん、智晶くんも、あああっ、すごく硬い、あああっ」

肉棒が膣壁を押し拡げながらさらに中へと侵入すると、友梨香は早速切羽詰まったような声をあげる。

一糸まとわぬ四つん這いの身体が小刻みに震え、身体の下で大きさを増しているように見えるGカップがフルフルと波を打っていた。

「ああっ、はあああん、これほんとにすごい、ああっ、あああ」

蕩《とろ》けきった顔をこちらに向けて友梨香はそんなセリフを口にする。

普通の人以上に普通だと会社でたまにからかわれたりする自分が、こんな美熟女をメロメロにしていると思うと、智晶はさらに興奮した。

「最後は一気にいきますよ」

ふくよかなお尻やバストに対比するかのように強く引き締まっている、彼女の腰を両手でがっちりと固定する。

大きく息を吸い込んだ智晶は勢いをつけて怒張を打ち込んだ。

「あっ、もう奥に、あっ、はあああああん」

こちらに背を向けている友梨香は膣内の感覚でしか肉棒の動きを感じられないので、身がまえることも出来ずに最奥を突かれる。

驚いた声をあげた四つん這い身体が大きくのけぞり、巨乳がブルンと弾んだ。

「あああっ、強すぎるわ、あああん、あああっ、ああ」

ただ さすが熟女と言おうか、いきなり智晶の巨根が深く食い込んでも、しっかりと受け止めて快感に溺れている。

智晶はさらに赤く染まった大きな尻たぶを両手で強く摑み、激しく腰を振りたてた。

「あっ、あああん、奥ばかり、あああん、いやあああん、あああ」

襖の隙間から漏れる灯りだけの薄暗い和室に、友梨香の甘い声が響き続ける。

ぱっくりと口が開いたピンクの膣口にいきり立った肉茎が出入りし、溢れる愛液が掻き出されて糸を引いた。

「はっ、はあああん、息が続かない、ああう、はうっ、ああああああ」

友梨香は大きく唇を割り開いたまま、布団を両手で摑んで喘ぎ続けている。

もう全身が上気し、ピストンのリズムにあわせて揺れる巨乳の先端にある色素が薄い乳首は硬く尖っていた。

「ちょっと緩《ゆる》くしますね」

苦しい中でも友梨香がちゃんと感じているのはわかっているが、智晶はあえて肉棒を少し引き。ピストンをスローにした。

「あっ、ああっ、うん、あっ、ああっ」

犬のポーズの友梨香はほっとしたように息を吐いて、小さな喘ぎを繰り返している。

肉棒は膣の奥の少し手前で前後し、亀頭から張り出したエラの部分が膣壁を押し拡げながら擦り続ける。

「あっ、やあああん、あっ、あああ、智晶くん、ああっ」

しばらくそれを繰り返していると、友梨香の身体がクネクネと横揺れを始める。

染みひとつない背中にはじっとりと汗が浮かんでいて、なんとも艶めかしい。

「ああっ、私、あああん、ああっ、だめっ、あああああ」

そして友梨香は自ら身体を後ろに突き出すような仕草さえ見せ、怒張の先端を膣奥に食い込ませようとする動きを見せる。

智晶はその動きにあわせて、わざと肉棒を少し引いた。

「だって苦しいから緩めてって言ったのは友梨香さんじゃないですか」

「ああ、いやあん、引かないで、智晶くんの意地悪」

いつもは気が強く明るい友梨香が、年下の男のほうを振り返りながら泣きそうな声で訴えてきた。

(なんてエロい顔をするんだ)

民宿の改装のときもあまりの美しさに学生たちが憧れていた彼女を、自分の思うさまよがらせる興奮に取り憑かれていた。

「どうして欲しいの？　ちゃんと言葉にして言ってよ」

もうたまらないといった風に腰をよじらせる友梨香に言って、智晶はさらに膣内の中ほどまで怒張を引いた。

「あああ、突いて、じゃないと死んじゃう。あああああん、奥をいっぱいして」

黒髪を振り乱した友梨香は、顔をこちらに向けて哀願してくる。もう完全に蕩け堕ちてる感じだが、智晶はもう一押しする。

「どこの奥？」

さらに友梨香の焦燥感《しょうそうかん》を煽《あお》るべく怒張を膣口ギリギリまで引きながら、智晶は冷たい態度を取った。

「ああっ、だめっ、抜かないで、あああん、オマ×コよ、友梨香のオマ×コの奥、あああっ、智晶くんの大きなおチ×チンで突いてええ」

下まで聞こえそうな大声で、友梨香はいまにも泣きそうな顔を見せた。

「わかった」

勝ち気な美熟女を崩壊させたことに満足感を覚えながら、智晶は腕を伸ばして、四つん這いの身体の下にあるGカップの巨乳を握る。

そして乳輪がぷっくりと膨らんだ淫靡な感じの乳首を摘まみながら、後ろに向かって引き寄せた。

「あっ、ああああっ、これっ、ああああん」

友梨香の上体を持ちあげながら、智晶はそのまま布団に尻もちをつく。

しなやかな白い脚を大胆に開いた友梨香の身体が智晶の膝に乗り、背面座位で肉棒が沈んでいく。

「ああっ。おチ×チンが、あああん、入ってくる、あああっ」

熟れた桃尻がゆっくりと降りていき、天を突く怒張が友梨香の濡れそぼった肉壺《にくつぼ》に沈んでいく。

「んん、んんん、あああっ、はあああん、奥、来てる、ああ、ひあああん」

智晶も彼女の媚肉の熱さを味わいながらゆっくりとすべてを収めていく。

ムッチリとしたヒップが智晶の太腿に落ち、亀頭が膣奥を抉《えぐ》った瞬間、友梨香の身体が跳ね上がった。

「すごいよ友梨香さん、締めつけてくる」

太く硬い肉棒を待ち望んでいたのか、友梨香の膣肉は過剰なくらいに反応していて、濡れた粘膜を絡みつかせてくる。

その甘い感触に智晶も男の本能を全開にし、下から激しく怒張をピストンするのだ。

「あっ、あああん、いい、ああっ、たまらない、ああああ」

胡座《あぐら》をかいている智晶の上でだらしなく開いた両脚をくねらせながら、友梨香は悦《えっ》楽《らく》に酔いしれている。

唇を大きく開いて白い歯を覗かせながら、自らお尻を後ろに突き出すような仕草さえ見せる。

「エッチだよ、友梨香さん」

男の手でも覆いきれないGカップの巨乳を後ろから揉《も》みしだき、乳首をつぶすようにこね回す。

智晶もまた肉棒の根元まで痺《しび》れるような快感に腰を震わせながら、夢中で逸物《いちもつ》を突きあげた。

「あああっ、乳首もなんてだめえ、あああん、いい、ああっ、すごい、ああ」

大きく開かれた長い脚の付け根に、血管が浮かんだ怒張が出入りを繰り返す。

乳首を摘まむと白い背中を弓なりにして、友梨香はよがり泣いていた。

「ひあっ、ああっ、もう、あああああん、だめ、ああっ、イッちゃう」

乳房や乳首を押しつぶす智晶の手に自分の手のひらを重ねながら、友梨香は限界を口にした。

「友梨香さんイッて。俺も一緒に」

熟した媚肉の締めつけに溺れている智晶の肉棒ももう爆発寸前だ。

たわわなバストから手を離し、友梨香の細い腰をしっかりと固定して怒張を突きあげた。

「お薬あるから、ああ、中で出して、あっ、いい、あああん、智晶くんの精液、欲しいからあ、ああっ」

快感に溺れきった表情を見せながら、友梨香は中出しをせがんできた。

そしてさらに両脚を大きく開き、肉棒に向かって陰毛が生い茂る股間を突き出した。

「くうう、それだめ友梨香さん、うううう、くうう」

亀頭部が濡れた膣奥にグイッと食い込み、男の敏感な裏筋や亀頭のエラに肉ヒダが擦りつけられる。

いまにも達してしまいそうな強い快感を、懸命に耐えながら智晶は怒張を動かした。

「はあああん、私、あああっ、イクわ、あああっ、イク、イクうううう」

智晶に背中を向けた身体の前で、巨大な二つの乳房が千切れんばかりに踊り狂う。

黒髪を振り乱して頭を横に振りながら、友梨香は女の極みを叫んだ。

「イクうううううう」

肉の少ない下腹を引き攣らせ、友梨香は背中を弓なりにしてのぼりつめた。媚肉も強く反応し、強く脈動しながら智晶の逸物を食い締めてきた。

「くうう、俺もイク」

智晶も快感に身を任せ、彼女の中で怒張を暴発させた。

勢いよく精液がほとばしり、収縮して狭くなっている膣奥を満たしていった。

「ああっ、これ、あああん、濃くて素敵よ、ああっ、いい、もっとちょうだい」

なんども襲いかかっているであろうエクスタシーの発作に喘ぎながら、友梨香は放たれる粘液を恍惚《こうこつ》と受け止めている。

「は、はい、くううう、まだ出ます、ううう」

こちらを少し振り返った友梨香の瞳はもう目尻も垂れ下がり、唇もだらしなく開いていて、まさに牝《めす》となっていた。

昼間の顔とのあまりのギャップに女の情の深さを感じながら、智晶は夢中で精を放ち続けた。

第二章　巨乳釣りプロの中出しねだり

「智晶くん、起きて、電線からの電気がきてないみたい」

昨日の激しいセックスの余韻に酔いしれながら深い眠りに落ちていた智晶は、友梨香に身体を揺すられて目を覚ました。

行為のあとぐったりとなっていたのは二人同じだったはずなのに、友梨香はすでにジーンズにシャツのいつも姿に着替え、メイクも済ませている。

切れ長の瞳もきりりとしたいつもの感じで、女のタフさに智晶は驚くばかりだ。

「ええっ、電線のほうですか？」

ただいまはそんなことを気にしている場合ではない。

ここの民宿の電源は三系統あり、ひとつは昨日、智晶が念のために沢の水門を閉めた水流を利用した発電機。

そしてもうひとつは屋根につけられたソーラーシステム。三つ目が山の中をケーブルで通している電線だ。

「なにかあったんですかね。とりあえず確認します」

飛び起きた智晶はハーフパンツにTシャツのままで一階に降りて、電気系統の状態を表示しているモニターを見る。

先輩たちはそれぞれの発電状態や電力を目で確認出来るシステムも取り付けていた。

「確かに電線から電気がきてないですね。とりあえず水門を開けてきます」

モニターを見るとソーラーシステムからしか電気がきていない。

非常用のバッテリーの充電量も充分にあるが、民宿には大型の冷蔵庫もあるので、太陽光の発電だけだと日が陰ったりすると電力不足に陥《おちい》ってしまう。

智晶はすぐに裏手から山に入り、水門を開けて発電用のタービンに水を引き入れた。

「こっちは問題ないですね」

沢は昨日の大雨のせいで少し濁ってはいるものの、勢いよくタービンが回って発電が始まった。

飲み水のほうもこのくらいの濁りなら、浄化槽の能力で充分に利用出来るはずだ。

「問題は、電線のほうですね。確認してこないと」

小型の水力発電だけの電力で計算してみると、夏場のいまは冷蔵庫とあとは民宿内の電灯が精一杯という程度だ。

昼はソーラーがあるから他のことにも電気が使えるが、夜はエアコンなどは動かせなくなる。

「歩いて行ってきます」

昨日の大雨が嘘のように今日は青空が広がっている。だが山の土はすぐに乾くわけではないので、車で山の未舗装路に出るのは危険だ。

「どうなってるかわからないから気をつけて」

メインの電源としてきている送電線は、未舗装の道沿いに建てられた電柱を通ってきている。

それらはすべて数十年も前、友梨香の親ですら生まれていないころの木製の電柱なので、老朽化が激しかった。

「はい、これも持っていきます」

智晶は民宿の倉庫から登山用のピッケルを持ってきて、靴も車に置いてあったしっかりとしたものに履き替えた。

土の道はぬかるんでいるはずで、転落の危険もあるからちゃんとした準備が必要だ。

「うわあ」

が、その準備もとくに必要がなかった。民宿を出てから百メートルほど道を下ると、未舗装の道に覆いかぶさるように、土砂崩れが起こっていたのだ。

崩落自体は小規模なもののようだが、土砂が道に一メートル以上の高さで積もり、大きな木が一本倒れている。

その木が電線を引っかけて切断しているので電気が止まっていたのだ。

「一応道は崩落してないけど……」

まだ土が緩く、二度目の土砂崩れの危険もあるのであまり近づけないが、目視で確認したところ、道から下は崩れていないようだ。

ただ巨木や積もった土の量を見る限り、パワーショベルなどの重機がないと通行可能にするのは難しいように見えた。

「これは集落に連絡しないと無理だな」

人力ではどうにも出来そうにない状態を報告すべく、智晶は民宿に戻っていった。


「というわけで、最長で一週間はここから動けないことになりました」

智晶の報告を受けたあと、友梨香は下の集落に連絡を入れた。

電線と一緒に電話線も切れているので固定電話も使えず、非常用の衛星携帯電話で助けを求めたが、なんと下の集落の道でも数カ所崩落が起こったというのだ。

「歩いて行ける山道もあるけど、お勧めしません」

倫子と咲良、そして瑠衣も広間に集めて友梨香は言った。

集落の自治会長も務めている瑠衣の父の話では、先に向こうの道路を通れるようにしないといけないので、こちらの工事はどうしても後回しになるそうだ。

さらにいまは山道が緩くなっているので、小型とはいえパワーショベルを積んだトラックを走らせたら二次災害の危険がある。

「私は別にキャンプとかいつもしてるし。ここは水も食料もあるんでしょ？　問題ないわよ」

さすが釣りプロのというところか、倫子はあっさりとこの状況を受け入れた。

確かに野外でテントを張って寝泊まりすることに比べたら、電気がなくてもここの民宿は快適だ。

「あーあ、でも釣りに行けないのが不満だよ、私は」

ジーンズにTシャツ姿の倫子は唇を尖らせ、拗ねたように畳にごろりと転がった。

釣りが生活の彼女にとっては、増水で川に近づけないことのほうが辛いようだ。

「私も別に、帰省中は家にいるかここでバイトしてるかだし」

タンクトップにショートパンツ姿の瑠衣もあっさりとしたものだ。瑞々しい少し日焼けした太腿が眩《まぶ》しい。

「わ、私もはい……大丈夫です」

こちらは昨日と同じタイプのタイト気味のスカートにブラウス姿の咲良が少し不安そうな瞳で言った。

都会育ちで虫も怖い咲良がいまの状況を不安に思うのも仕方がなかった。

「しばらくは不自由な生活になるけどお願いね。夜もなにも出来ないから寝るだけになるけど」

「それはいつもと同じでしょ。もともと夜に遊びにいくところもないし、その上、電話線が切れたからネットも出来ないし、寝るしかしょうがないよ」

元からこの民宿に来てるお客さんは夜は寝ることだけだと、瑠衣が友梨香にツッコミをしてて皆がくすりと笑った。

「そうね。じゃあみんなしばらくの間、夜は早めに寝ましょう」

友梨香はそう言って智晶のほうをちらりと見た。その瞳は意味ありげで、そして妖しく輝いていた。

「プロパンの残りに不安があるからお風呂は無理っぽいね」

民宿の裏手にあるプロパンガスの大型ボンベの前で友梨香と智晶は二人並んで残量を示すメーターを見ていた。

風呂や料理はガス会社が定期的に交換しにくるプロパンガスでまかなわれているのだが、ちょうど今週に交換する予定だったらしく、ガスがあまり残っていないのだ。

道がいつ通れるようになるかわからないので、先を読んで使用するのにも不安があった。

「ガスはご飯のために使うとして、お湯を薪で沸かして身体を拭くくらいになるね」

薪のストックが倉庫にけっこうあるので、それを使って湯を沸かし、身体を清めるだけになるだろう。

智晶はともかく、女性たちはお風呂に入りたいだろうが。

「洗濯は太陽が高いうちに終わらせるとして、まあなんとかなるか」

ソーラーシステムが動いている時間帯なら、洗濯機はもちろんエアコンをつけても電力に問題はない。

問題は夜だが、こんな山奥なのでよほどの熱帯夜の日でなければ窓を開けて寝ると朝方は肌寒いくらいだから問題ないだろう。

「あーあ、やっぱり無理そうだわ」

友梨香と二人でそんなことを話していると、下を流れる川の様子を見に行っていた倫子が斜面の道をあがってきた。

「そりゃそうですよ。あれだけ降ったんですから」

倫子はどうしても釣りがしたいらしく、川の状態を確認しにいっていたのだが、昨日の雨量を考えれば近づくのも危険なくらいに増水しているはずだ。

「釣り以前に身の危険があるんですから。やめときましょうよ」

「わかってるわよ。一応見てきただけ、いいでしょ見るくらい」

子供のように頬を膨らませて倫子は拗ねている。いつもはしっかりとした感じの彼女が見せる少女のような態度に智晶は少しドキリとしてしまった。

「奥の沢はどうなのかな。もともと湧き水が集まったところだし」

そんなやりとりを見ていた友梨香がぼそりと言った。

奥の沢とは、ここに水を引き込んでいる沢からさらに十五分ほど山に入ったところにある場所で水量もかなりある。

いくつもの湧き水の流れが集まっていて滝壺のようになっていて、泳ぐことも可能なくらいだ。

「そんな場所があるの？　ねえどこどこ」

ハーフっぽい彫りの深い目を輝かせて、倫子は智晶の肩を摑んで揺らしてきた。

釣りが出来る可能性があるのがよほど嬉しいようだ。彼女にとって釣りは仕事であるだけでなく、なによりの楽しみのようだ。

「案内しますから、いてて」

細身の身体からは考えられないような握力で肩を握られ、智晶は反射的にそう言っていた。


「うわあ、すごいねえ、ここ。絶対に大物がいそう」

裏の沢を越えて泥ですべったりしないように注意して山道を歩き、目的の支流にたどり着くと倫子が声を弾ませた。

いくつかの小さな流れがそこに集まり、深い水の溜まりになったあと、川となって本流に注いでいる。

いつもは底が見えそうなくらいに澄んでいる場所だが、今日は昨日の雨で増水していて少し濁っているが危険なほどの水量ではなかった。

「まあ魚がいるかどうかはわかりませんが」

あまり水が綺麗すぎても釣りには向かないと言われている。

瑠衣の集落に住む人もこの支流の存在を知っているが、釣行に訪れるといった話を聞いたことはなかった。

「まあ何事もやってみないとわからないわよ」

背負っていたリュックの中から伸縮式の釣り竿を取り出して伸ばし、今日もネルシャツにジーンスの倫子は笑顔を浮かべながら準備を始める。

その大きな瞳はやけに輝いていてもう智晶の姿も視界に入っていないように見える。

魚と真剣勝負をするプロの顔つきに変わっている感じだ。

「じゃあ俺も準備しますね」

釣りになれているわけではないが、智晶も田舎育ちの男の子なので未経験と言うわけではない。

倫子が用意していた予備の竿を借りて、ここまで来る途中の山道で掘って見つけたミミズをエサに渓流魚を狙うつもりだ。

元からこの辺りの川ではヤマメやイワナという美味な魚が獲れ、そのまま塩焼きにしてもよし、干物にしてあとから食べてもよしと、民宿の名物料理のひとつだ。

「よし。じゃあお先にー」

声を弾ませた倫子の竿の先から伸びる糸には、派手目な色の糸で飾られた毛針がつけられている。

虫の姿を模したこの毛針で水中の魚にエサが来たと勘違いさせる釣りかただ。

「おっ、来た」

まだ智晶は自分の準備をしているというのに、倫子はもう一匹目を釣り上げてしまった。

銀の魚体に茶色の模様が入った美しいヤマメだ。

「は、早っ」

「へへ、型は小さいけどね。まずは一匹」

倫子は誇らしげにあげたヤマメを見せて笑っている。確かにそう大きくはないが塩焼きにすればいい感じのサイズだ。

「そ、そうだ写真を一枚」

編集者である咲良から倫子が釣りをしている様子を何枚か撮影して欲しいと、カメラを預かっていた。

咲良はさすがに危ないのでここには連れてきていない。また大きな虫とかに遭遇したら大騒ぎになりそうだからだ。

「いえーい」

自分なんかが撮影をして雑誌なんかに載せられるものだろうかと思うが、智晶は出来ないなりにもピースサインをする倫子を撮影した。

「はい来た。おおっ、大きい」

初ヒットのあと、倫子は立て続けにヤマメをあげ続けた。

さすがはプロだと感心していると、彼女の竿が大きくしなった。

「逃がさないわよ」

素人の智晶の目から見てもいままでの引きとは全然違うことがわかる。

そんな大物を相手に倫子は目を輝かせながら、竿を巧みに操っている。

(いい顔してるなあ……)

厚めの唇に勇ましい微笑《ほほえ》みを浮かべ、二重の大きな瞳は一心不乱に張りつめた糸の先を追っている。

川に覆いかぶさるように伸びた木々の間から差し込む陽光が水面に反射し、下から彼女を映し出していて、智晶はいつしか夢中でシャッターを押していた。

「智晶くん、魚のほうも撮《と》って」

「は、はいっ、うおっ」

興奮しながらも冷静さを持つ倫子の声に、咲良から借りたカメラを向けると、大きな魚が水面を跳ねた。

「イワナだ。でかいです」

もうシャッターボタンを押しっぱなしにして、再び潜ったイワナを懸命に追う。

ヤマメとはあきらかに違う白い斑点が入った魚体はイワナだったが、父親が釣ってきたものを長年食べてきた智晶でもちょっとお目にかかったことがないくらいにでかかった。

「尺超え確定ね。さあこっちにいらっしゃい」

倫子は竿を巧みにコントロールしているが、釣り糸がギシギシと音を立てている。

少しでも油断をしたらぷっつりと切れてしまうはずだ。

「タモ出して、多分引き抜きは無理」

「はっ、はい」

倫子のリュックには小型の物だが、折りたたみ式のかかった魚を最後にあげるタモ網が入っている。

子供ころよく父親に釣りに連れて行かれていたので、智晶はそのときを思い出しながら柄のついた網を組み立てる。

「もう少しです。こっち」

倫子は岩場に立って釣っているが、手前は浅いので智晶は岩の横からもう川の中に入っていく。

そして足首程度の深さの場所で、倫子の竿から伸びる糸を持って網を差し込む。

この最後の取り込み作業の際に、魚が一番暴れる。針が外れて逃げられてしまうこともあるので、最高に緊張する一瞬だ。

なんとか網に中に呼び込んで、両手で一気にすくい上げた。

「やったあ」

「うわっ、これ尺どころじゃないですよ」

一尺が約三十センチ、ヤマメもイワナも普通は二十センチ前後が多いから、尺超えというだけでも巨大なのだが、これはさらに上をいく。

「いえーい、やった」

大イワナの入った網を抱えるようにして川からあがると、倫子が拳を出してきたので智晶も拳を出してあわせた。

思いもかけない大物に、二人ともいつしか息が弾んでいた。

「おめでとうございます」

智晶も自分のことのように嬉しい。そして倫子の輝く顔は眩しかった。

「ん？　それ引いてない？」

撮影やタモを出すのに夢中になって忘れていたが、ミミズのエサをつけて入れたまま放っていた智晶の竿が岩の上で動いていた。

ただ変なのはグイグイと引いている感じではなく、ゆっくりとしなっている。

「木の枝かなにかじゃないですかね。昨日は大雨だったし」

本流ほどではないがここも増水してるので、流れてきた枝が引っかかったのだろうと、智晶は竿を起こした。

「違うよ。なんか来てるって、それ」

竿をしゃくって見ると確かに引きがある。ただヤマメやイワナのように引き込もうというような感じではない。

智晶は不思議に思いながらも一気に手元に引き寄せた。

「ウナギ？」

濁りの残る清流の中にニョロニョロと動く黒い影が見えた。

釣り針を完全に飲み込んでいる様子で、あっさりとあげることが出来た。

「おおっ、ご馳走じゃん。針は切っちゃうね」

倫子はさすがというか、ウナギを見ても落ち着いた様子でスーパーのレジ袋を取り出し、釣り糸を摘まんで持ちあげる。

そして激しく暴れるウナギを袋に入れると、釣り糸を切って口を結んでしまう。ウナギは陸にあげてもなかなか大人しくはならないので、逃がさないためにもこのほうがいい。

「まあまあ大きなウナギですね。天然物だしみんなもよろこんでくれるかな」

半透明に透けたビニール袋の中でまだ元気に動き回っているウナギは、太さも長さもけっこうあって五人で分けても充分な身がありそうだ。

道がいつ通れるようになるのかはっきりしないので、こういう滋養分のある食材が手に入るのはありがたかった。

「そうね。でも友梨香さんはこっちの大ウナギでお腹いっぱいなんじゃない？」

ハーフっぽい整った顔に意味ありげな笑みを浮かべた倫子は、しゃがんでウナギを見ている智晶の隣で膝を折る。

そしてジーンズの股間に白い手を伸ばして摑んできた。

「ちょっ、ちょっと倫子さん、なにするんですか？」

ジーンズの厚い布越しとはいえ、女性の柔らかい指で肉棒を摑まれ、智晶は石の河原を後ずさりする。

石と石が擦れる音をさせながら、しゃがんだまま倫子はさらに距離を詰め、肉棒を強く握りながら唇を智晶の耳元に寄せてきた。

「昨日はずいぶん激しかったじゃない、大きい大きいって何回も聞こえてきたわよ」

勝ち気なところは友梨香に似ている倫子は、驚く智晶にお構いなしにグイグイと迫ってくる。

肉棒を強く握りながら膝を折った身体を寄せているので、ネルシャツの胸を膨らませている巨乳が智晶の腕に押し付けられていた。

「き、聞こえてたんですか、下まで。じゃあ咲良さんも」

倫子が聞いていたということは、同じようにお客さん用の部屋で寝ていた咲良にも、あの激しいセックスの声を聞かれていたのか。

偶然とはいえ、おっぱいを触ったり裸を見てしまったせいか、妙に咲良のことを意識してしまうのだ。

「私におチ×チン握らせておいて他の女の話をするなんて失礼ね」

咲良の名前を出したのが不満なのか、倫子はさらに強く肉棒を握ってきた。

「いっ、痛いですって、握らせてなんか、これは倫子さんが無理矢理」

釣りのプロである彼女の握力はほんとうに女性離れしていて、いまは萎《な》えた状態の肉棒が潰れて歪《ゆが》んでいるのがわかる。

あまりの痛さに智晶は泣き声をあげながら、河原の石の上に尻もちをついた。

「心配しなくても、私はたまたまトイレに起きてきたから声を聞いただけよ。あの子はずっと寝てたから。さあ中身も見せてね」

情けない顔をする智晶に笑顔で言った倫子は、自分の身体を覆いかぶせるようにして前に出てくる。

そして智晶のベルトに手をかけてジーンズの前を開いて引き下ろした。

「ちょ、だめですって、倫子さん、わっ」

パンツもそのまま引っ張られ、智晶は下だけ裸にされてしまう。

(行動まで似てるのかこの二人は……)

剝きだしになったお尻に河原の小石が食い込む軽い痛みの中、智晶は昨夜の友梨香と同じような感じで迫られていることに気がついた。

たまたまだろうが、強引なところがまったく同じだ。

「あらら、ほんとうにウナギより立派じゃん。硬くなったらどうなるのかしら」

すぐそばにあるビニール袋でまだ動いているタフなウナギと、智晶の股間を見比べながら、倫子は亀頭の辺りを軽く揉んできた。

「はうっ、倫子さん、そんな風に、くう、ううう」

さっきの握りの強さとはうって変わり、彼女は繊細な指の動きで智晶の肉棒を弄《もてあそ》んでくる。

甘い快感が湧きあがり、智晶はいつの間にかジーンズもパンツも足先から抜き取られてシャツだけになった身体をくねらせていた。

「うふふ、もう観念しなさい」

さっき大物のイワナを釣り上げたときと同じように目を輝かせた倫子は、河原でだらしなく開かれた智晶の両脚の間に顔を埋めてくる。

そして少し硬さを持ちはじめた肉棒を、優しく唇で包み込んできた。

「んんん……んく、んんんん、ん、ん」

躊躇なく亀頭の裏筋に舌を這わせ、男の敏感な部分を刺激しながら唇で軽く吸ってくる。

正午が近くなり夏の陽射しが強くなった河原に、川音と彼女の唾液の音が響いた。

「くっ、くううう、倫子さん、ううっ、そんな風に」

ただもう智晶にはそんなサウンドを楽しんでいる余裕などない。

倫子の吸いあげはどんどん激しくなり、口腔の粘膜を亀頭に絡みつかせるようにしながら頭を強く振りたてていた。

「んんん……んく……んん……すごい大きくなってきた。大蛇じゃんこれ」

お構いなしに自分のペースで迫ってきていた倫子が、初めて目を丸くしている。

快感のあまり巨大化した逸物は猛々《たけだけ》しく勃起し、川の上に広がる青空に向けて突き立っていた。

「ふふ、これで年上の友梨香さんのメロメロにしてるのね、悪い子」

血管が浮かんだ肉竿をしごきながら、倫子は亀頭の先端にある尿道口をチロチロと刺激してきた。

「そんなメロメロなんて、くうう、ううう」

言い返すことなど出来ないくらいの快感に、智晶は無意識に腰まで揺すってしまう。

先端からは先走りのカウパーが溢れ出すが、倫子はそれも躊躇《ためら》わずに自分の舌で拭《ぬぐ》い取っていた。

「じゃあ、そろそろご馳走になろうかな？」

もう根元がビクビクと脈打っている状態の怒張から顔をあげた倫子は、ネルシャツを河原に大胆に脱ぎ捨てた。

「えっ、ええっ、外ですよ、ここ」

少し増水している川の音。時折聞こえる鳥の声。紛《まご》うことなきここは野外だ。

そこでブルーのブラジャーを大胆に晒《さら》し、立ちあがってジーンズまで脱いでいく倫子に智晶は呆然となった。

「こんなところまで誰も来ないわよ。あっ、お猿さんとか見てるかもね」

なんの躊躇も見せずに倫子はブラジャーを外して、石の河原に投げ捨てた。

「いや、そういう問題じゃ、おおっ」

勢いよく飛び出してきた白く巨大な二つの乳房に、智晶は思わず見とれてしまった。

大きさは昨夜見た咲良の双乳とほとんど変わらない感じで、丸みが強く鎖骨のすぐしたからお椀形《わんがた》に盛りあがっている。

三十二歳の年齢を感じさせない若々しい乳房だが、乳輪が広めで乳首がやや大きめなのがなんとも淫靡だ。

「うふふ、大物と戦うためにいつも鍛えてるからね。どう？　Hカップあっても垂れてないでしょ」

ブラジャーとお揃いのブルーのパンティだけで河原に立つ倫子は、自信ありげに笑って腕を曲げて力こぶを作った。

二の腕や肩の筋肉が大きく盛りあがり、よく見ると腹筋も浮かんでいる。

そういえば昨日、彼女のスマホに残っていた釣行の写真を見せてもらったが、自分の背丈とそう変わらない大型のマグロを釣り上げたものもあった。

「えっ、Hカップ……」

ただ智晶は友梨香よりもさらにワンサイズ大きな倫子の巨乳に見とれていた。

身体が引き締まっている分、胸の突き出しとの落差がすごい。

「おっぱい好きなの？　智晶くんは」

口をぽかんと開いたまま見とれる青年に微笑みかけた美熟女は、パンティも脱いで白い身体をすべて晒した。

そしてずっと河原に尻もちをついたままで座っている智晶の膝の上に跨がり、巨乳を鼻先に突き出してきた。

「は、はい……好きですけど」

こんな美しく巨大なおっぱいを見せつけられて、我慢が出来る男がいるものかと智晶は思う。

もう本能のままに智晶は、目の前で小さく揺れる白い双乳を両手で揉んでいく。

「形が綺麗なのに柔らかいですね」

さっきまで野外で淫《みだ》らな行為をすることを躊躇っていたというのに、いつの間にか智晶は彼女の見事な肉体に魅入られていた。

十本の指に力を入れると吸いつくような感じで食い込んでいく感触を堪能《たんのう》しながら、乳輪がぷっくりと膨らんだ先端部に吸いついた。

「あっ、あああっ、やだエッチな舐めかた」

驚くほどくびれた腰をくねらせながら、倫子はここも大きいのに形が整ったヒップを智晶の太腿に擦りつけるようにして喘いでいる。

すでにパンツも脱いで剥きだしの智晶の太腿に、倫子の熟女らしく濃い陰毛が触れて、強く擦られた。

「んんん……倫子さん……すごく濡れてる」

タワシのような感触の黒毛の後ろに隠れている秘裂も智晶の肌に触れたのが、見えなくてもわかるくらいに熱く粘っこい愛液が溢れだしていた。

彼女が、セックスを嫌いなほうではないというのはもうわかっているが、乳首を舐めたくらいでここまで濡れるものなのかと、智晶は驚いた。

「あっ、やん、さっきのイワナみたいな大物を釣ったら興奮しちゃうの。そのあとに智晶くんの大きいの見たからもっと……」

智晶の気持ちを察したのか、倫子は少し照れたように笑った。

大きな魚との戦いは彼女にとってエキサイティングなものなのだろう。気持ちが昂ぶり燃えあがるのだろうか。

先ほどの大イワナやウナギを見て智晶も興奮したから、わからないでもない。

「だからね、もう欲しいの」

さらに瞳を輝かせた倫子は智晶の肩を摑んでヒップを浮かせ、屹立したままの怒張の上に跨がってきた。

まさにハンターの顔をした美熟女はピンクの舌で唇を舐めながら、濡れそぼる膣口を亀頭に押し当てる。

「く、うう、熱いです」

智晶も思わず快感に声をあげ、河原に尻もちをついた身体を強《こわ》ばらせた。

ねっとりと熟した感じのする倫子の女肉はやけに締めつけが強く、友梨香とはまた違った感じがした。

「あっ、大きい、あああっ、すごく拡がってる、ああっ、素敵よ智晶くん」

智晶の肩をシャツの上から摑みながら、倫子は自ら腰を沈めて猛々しい巨根を胎内に飲み込んでいく。

膣の奥に向かってさらに狭くなっているように思うが、愛液がとにかく大量なのでどんどん入っていった。

「あっ、すごい、あああっ、こんなに深く、あっ、あああああん、はあああん」

そして亀頭が膣奥に達し、倫子の身体から力が抜ける。

重力のままに挿入している状態なので、長い逸物はヒップが降りてくるがままに、そこからさらに奥に向かって食い込んでいった。

「ああっ、だめっ、こんなの、あっ、あああああん」

根元まで肉棒が膣内に収まり、熟れた尻たぶが智晶の太腿に密着する。

倫子は大きく背中をのけぞらせ、夏空に向かって絶叫を響かせた。

「くう、倫子さんの中、すごい締まり」

智晶のほうも濡れた媚肉の強い締めつけに顔を歪ませていた。

中が狭いだけで泣く、グイグイと絞りあげてくる感じで、快感への渇望に負けて腰が勝手に動きだした。

「あっ、あああん、奥、あああっ、いい、ああん、ああっ」

対面座位の体勢で下からの突きあげが始まり、倫子は艶めかしい声をあげる。

巨大なHカップのバストが大きくバウンドし、尖りきった乳首ともに淫らなダンスを踊った。

「はああん、すごいわ、あああっ、ああっ、子宮に響いてる、ああっ」

もう牡の本能のままに巨根を突きあげているような智晶を、倫子は全身でしっかりと受け止めてくれている。

そして快感に溺れながら、二重の瞳を蕩けさせて喘ぐのだ。

「倫子さん、くうう、エッチです」

智晶も夢中で彼女の腰を抱き寄せて、ピストンを続ける。ドロドロの媚肉が亀頭のエラや裏筋に擦れるたびに、頭の先まで快感が突き抜け、腰が震えた。

「あっ、ああっ、だって硬くて、すごいんだもの、ああっ、はあああ」

倫子のほうも気持ちが乗ってきたのか、自ら下半身を使い始める。

大胆に両脚をがに股に開き、身体ごと揺すって怒張を貪《むさぼ》ってきた。

「あああっ、あああああん、最高よ、あああっ、気持ちいい、ああん」

時折、頭を後ろに落としながら、倫子は完全に悦楽に溺れている顔をしている。

巨乳を大きく波打たせながら、引き締まったお腹を引き攣らせ、厚めの唇を大きく開いて絶叫を繰り返していた。

「くうう、倫子さん、うぐっ、ちょっと痛い、待ってください」

彼女のあまりに激しい動きに智晶は顔を歪めて訴えた。

締まりのきつい媚肉に絞られた肉棒ではなく、小石が敷き詰められた河原に座っているお尻が痛くてたまらなかったのだ。

「こっちへ」

これ以上倫子に体重を浴びせられたら、お尻の肉が耐えられないと、智晶は彼女の身体を持ちあげて肉棒を引き抜き、立ちあがった。

そして白く繊細な感じのする手を引いていき、近くにある大岩に両手を置かせた。

「あっ、やあん、全部丸出しにするつもり」

文句を言いながらもされるがままの倫子の腰を引き寄せ、立ちバックの体勢をとらせる。

形のいい桃尻が後ろに突き出され、股間のすべてが剝きだしになる。大量の愛液にまみれた膣口に夏の陽光が降り注ぎ、ヌラヌラと淫靡に輝いていた。

「じゃあ、やめますか？」

自分から迫っておきながら、恥じらう倫子にそう言ったあと、智晶は強く尻たぶを握って肉棒を前に出す。

もちろんだが智晶ももう止まることなど出来るはずがない。

「あっ、やめるなんて、だめっ、ああっ、あああ、そ、それよ、ああ、気持ちいい」

再び猛りきった肉棒が媚肉を引き裂いて奥にまで侵入する。

倫子は一糸まとわぬ身体をのけぞらせ、再び淫らな声を河原に響かせた。

(岩の前で全裸っていうのもなんだか興奮するよな)

雑誌のグラビアで、水着や裸の美女が大岩に座っている写真を見た記憶が蘇る。

それは目の前の現実であることに智晶は強い興奮を覚えながら、腰を激しく振りたてていった。

「ああん、いい、ああああっ、はあああああん」

粘液に濡れ光る怒張がぱっくりと口を開いた膣口を激しく出入りする。

倫子はもう息を詰まらせながらただひたすらによがり叫ぶ。

「くう、また締まってきた、うう」

思わず声が出てしまうほど、倫子の媚肉が肉棒を食い締めてきた。

ねっとりとした女肉が強く亀頭に密着し、濡れた媚肉がエラや裏筋を擦って、強烈な快感が突き抜けて行く。

もう腰は止まらず、智晶はこれでもかと腰を九十度に折った美熟女を突きたてた。

「はあああん、智晶くん、ああああん、すごいい」

「僕も気持ちいいです、くうう、うう」

二人ともに快感に溺れ、河原に立つ足をガクガクと震わせている。

智晶の腰がぶつかるたびに、ムチムチとした尻肉が激しく波打ち、倫子の身体の下では大きさを増しているように見える巨乳が踊り狂っていた。

「あああっ、私、もうだめっ、あああっ、イッちゃう」

目の前の岩を強く握りながら、倫子は顔だけをこちらに向けて訴えてきた。

その大きな瞳は妖しく輝き、もう顔全体が蕩けきっていた。

「ぼ、僕ももうイキます、くううう」

狭い膣道の圧迫の中でピストンを続けている怒張ももう長くは持たない。肉茎の根元は常に脈打ち、歯を食いしばっていないとすぐにでも発射してしまいそうだ。

「あああっ、一緒にイッて、ああああん、今日は大丈夫な日だから、あああ」

感極まる倫子は熟れた桃尻を揺らしながら、中出しをねだってきた。

「は、はいいい、僕ももうイキます。おおおおお」

頭の先まで痺れるような快感に溺れながら、智晶は最後の力を振り絞って、腰を突き出された桃尻にぶつける。

肉と肉がぶつかる乾いた音が、山の中に響き渡った。

「あああっ、イク、イッちゃう、ああっ、中で出して、ああっ、もうイク」

立ちバックの身体を大きく弓なりにして、倫子が限界を叫んだ。下にある民宿まで聞こえてしまうのではないかと思うような雄叫びだ。

「イク、イクうううううううう」

叫びからワンテンポ遅れて、白くグラマラスな身体が激しく痙攣《けいれん》を起こした。

断続的に艶やかな背中が反《そ》り返り、すらりとした両脚がガクガクと砕けそうになっている。

「くうう、僕もイク」

媚肉のほうも絶頂に反応しさらに強く智晶の逸物を絞りあげてきた。

たまらずに腰を震わせた智晶は、彼女の奥に亀頭を突きたてて爆発させた。

「あああっ、熱い、あああああっ、来てるわ、智晶くんの精液が、あああん」

断続的に続く射精を膣奥で受け止めながら、倫子は歓喜のよがり泣きを続ける。

豊満な桃尻が震えながら波打ち、彼女の快感の深さを物語っているように見えた。

「ううっ、そんなに締められたら、ううっ、まだ出ます、くうう、ううう」

最後の一滴《いってき》まで絞り尽くすような締めつけの媚肉に翻弄《ほんろう》されながら、智晶は夢中で精を放ち続けた。

第三章　美熟女たちの連続イキ

「ただいま」

河原での激しい行為を終えたあと、智晶は倫子と共に釣果を手にして民宿に戻った。

「おっ、大漁じゃん」

クーラボックスなどないのでビニール袋に入れてきたイワナやヤマメを見て、友梨香が声をあげている。

洗濯やなにやらを手伝っていた瑠衣と咲良もやってきて、民宿裏の池の前で歓声があがった。

「いやあ、全部倫子さんですよ。さすがプロですね」

智晶はあまり友梨香や咲良を見ないまま、倫子を讃えた。

さっきまでセックスをしていた照れくささと後ろめたさに、とくに友梨香の顔をまともに見られなかった。

「確かにすごいわね。半分は干物にしてこの大イワナは今日の晩ご飯かな」

民宿には渓流釣りが目的で泊まる客もいるので見慣れているはずの友梨香も目を丸くしている。

セックスをしていた時間を除いたら一時間程度で十四以上の魚を釣り上げたのだから、まさにプロフェッショナルの技だ。

「うふふ、まあでも智晶くんも立派なの釣ったんだよ。ほら」

倫子は手にしていたもうひとつのビニール袋を開いた。そこには他の魚とは別にしていた灰色のウナギがまだ動いていた。

「う、ウナギ、本物初めて見ました。こんな感じなんだ」

咲良が興味深そうにビニール袋の中で、いまだ元気を失わずに動き続けているウナギを眺めている。

「当たり前でしょ、まさか蒲焼きの形で泳いでるとでも思ってたの？」

「そ、そんな、ウナギの形くらいは知ってます。ただなんかヌメヌメしてるなって」

倫子がからかうと咲良が恥ずかしそうに顔を赤くして反論した。

「握ってみますか？　ほんとにすべって摑めないですよ」

ムキになっている彼女も可愛いと、智晶もつい顔をほころばせてからかってしまう。

「や、やめときます」

スカートにブラウスの身体を少し後ずさりさせて尻込みする咲良も愛らしかった。

「ウナギくらいでビビってちゃ釣り雑誌の担当は務《つと》まらないわよ。他にもイカとかタコとか、海に出たらサメが釣れることだってあるからね」

「ええっ」

倫子に脅されてビビる咲良を見て皆が笑っている。ただ智晶は隣に立つ倫子にお尻をつねられていた。

咲良に見とれているのに気づかれたのか、倫子は顔は笑顔だが目は笑っていない。

（いてて……ん……）

倫子との関係がバレるわけにはいかないので痛くても声を出せない智晶が顔をあげると、友梨香もこちらを冷たい目で見ていた。

彼女は倫子と智晶の様子になにか思うところがあるのか。

「さあ、ウナギは泥は吐かせるとして、魚のほうは仕込みしちゃいましょう」

ただ友梨香の表情が曇ったのは一瞬だけで、魚の入ったビニール袋を持って台所に入っていく。

ウナギはどこで釣ろうがしばらく水の中でエサを与えずに体内の泥や排泄物《はいせつぶつ》を出さ

せないといけないので、目の細かい網に入れて池に入れた。

「私も手伝うわよ、友梨香さん」

魚を捌くのにもなれていると、倫子は友梨香に続いて台所に入る。

「ありがとう。でも今日は暑いわね。上は脱いじゃおう」

智晶もなにか手伝うことはないかとドアのところに入ったとき、Tシャツにハーフパンツ姿だった友梨香がいきなりブラジャー姿になった。

白のブラジャーはハーフカップで、負けないくらいに白く艶やかな肌の上乳が大きく盛りあがって谷間を作っていた。

「なっ、なにしてんの友梨香さん。男の子もいるのに」

開いたドアの横で呆然となる智晶の後ろから、瑠衣が目を丸くして言った。

その隣では咲良も口をぽかんと開いている。

「いいのよ、智晶くんには全部見られてるから、あとは女の人だけだしね、うふふ」

なにやら意味ありげな笑顔を見せた友梨香が、台所にいる倫子をちらりと見て言った。

「へえー、じゃあ私も同じだから、脱ごうかな。暑いし」

あきらかに挑発的な友梨香に対抗し、倫子も着ているネルシャツを脱ぎ捨てて、ブルーのブラジャーだけになった。

こちらも豊満なHカップがブラジャーからはみだし、たわわな盛りあがりを見せつけている。

「あら、大きすぎて垂れ気味のおっぱいを誰に自慢したいのかしら」

友梨香が倫子の真正面に立って自分の胸を突き出す。一応倫子はお客さんなのに、完全に喧嘩を売る態度だ。

「失礼ね垂れてないわよ。なんならブラジャーも外そうか？」

そう堂々と言い切るだけあって確かに倫子の乳房は美しかったが、いまは瑠衣も咲良もいるのにまずい。

「いいわよ、別に見たくないし。それに脱がなくても両方見た人がいるでしょ」

目はまったく笑っていない笑顔のまま、ブラジャーの先を突きあわせている二人の美熟女がいきなり智晶のほうを振り向いた。

「いっ、いやっ、あの、ええっ」

彫りの深い二重の倫子と切れ長で黒目が大きな友梨香。ちょっと目尻があがった怖い目つきで睨まれて智晶はしどろもどろだ。

どっちを選んでも血の雨が降りそうだし、そもそもそんな決断力など智晶にはない。

「へえーお兄ちゃんすごいねえ。二人ともとしちゃったんだ」

開かれたままの台所の裏のドアから覗き込んでいた瑠衣が大きな瞳をさらに丸くして驚いている。

その声に智晶ははっとなって後ろを振り返った。気になっているのは咲良だ。

「さっ、咲良さん、あのこれは」

咲良は頬を強ばらせたまま一言も発していない。智晶を見る目もなんだか冷たくなっている気がする。

「ちょっと事情があって……あの……」

「わ、私は別に……智晶さんとお二人のことですから」

狼狽《うろた》える智晶の前でなんどか首を振った咲良は、そのまま庭のほうに駆け出して行ってしまった。

「咲良さんっ」

確かに咲良とは昨日知り合ったばかりだし、智晶自身もどうして彼女に必死で言い訳をしようとしてるのかわからない。

それでもなぜか身体が勝手に動いてしまい、咲良を追いかけようとしたとき、後ろから襟首を摑んで止められた。

「なによ、事情って」

摑んでいたのは倫子だった。とにかく彼女は細身の身体からは信じられないくらいに力が強い。

「腹が立つわね。なんで咲良ちゃんに弁解する必要があるわけ」

友梨香も一緒になって智晶に詰め寄ってきた。

「えー喧嘩してたんじゃないんですか」

二人がきっかけでこんな状況になっているというのに、矛先を変えてさらに怒りだした友梨香と倫子に智晶は開いた口が塞《ふさ》がらない。

「もうどうでもいいわよ。それよりなによ？　さっきあんなに激しくしたくせにやっぱり若い女が優先なわけ君は」

智晶の頭に腕を回してヘッドロックをかけながら倫子は文句を言ってきた。

「ひいい、勘弁してください」

手脚をバタバタさせても逃げられない強烈な締めあげに、智晶は情けない声をあげるばかりだった。

「あー、針のむしろだよ」

夕食を終えて自室としてあてがわれている二階の部屋に戻ってきた智晶は、大きなため息をついて座り込んだ。

大イワナをメインにし、他にも保存してあった食材を利用した夕食は最高の山の幸と言ってよかったが、智晶には堪能する余裕などあるはずもない。

「一度も目をあわせてくれなかったな」

敷きっぱなしだった布団の上に、Tシャツとハーフパンツの身体をごろりと投げ出し、智晶は一人呟いた。

夕食を囲むころには倫子と友梨香の機嫌は直っていたが、咲良は智晶と会話どころか視線も背けたままだった。

友梨香はともかく、昨日知り合ったばかりの倫子とも、それも釣りにいった河原でしたと知り、真面目な咲良は智晶のことを軽蔑したのかもしれなかった。

(でも、なんでこんなに咲良さんのことが気になっているんだろう……)

部屋の中を照らす充電式のランプを見つめながら、智晶は、なぜ自分が咲良に嫌われたと思って狼狽《うろた》えているのか、不思議に思った。

確かに彼女は魅力的な女性だが、二人きりになった時間もほとんどないし、まだ互いのこともよく知らないような仲だというのに。

（自分でも不思議だ……）

これが一目惚れというやつのなのか。それともあの柔らかくムチムチとした身体に魅入られてしまったのか。

智晶は中学生のころのようなモヤモヤした気持ちに戸惑っていた。

「さっさと寝るか……でも寝られるかな」

水力発電のタービンは二十四時間給電してくれているが、業務用の大型冷蔵庫もあるので、万が一のため一階のトイレや倫子たちの寝る客間を除いて、電気は止めている。

携帯電話も使えず、ランプひとつの灯りだけの薄暗い部屋ですることもないから、あとは寝るしかないのだが、すっきりと眠りにつけるはずもなかった。

（一発抜こうっていう気持ちにもならなしな……あ……でもムズムズしてきたかも）

とても性欲などわきあがってくるような状況ではないはずなのに、智晶は股間が少し熱くなるのを自覚していた。

今日の倫子のHカップもあるのに丸く美しい乳房。そして昨日触れた、その大きさを凌駕《りょうが》するような咲良の柔乳。

それらの感触が手に蘇り、昂ぶり始めていた。

て人影が現れた。

「ほら、やっぱり起きてるじゃん」

しかしさすがにオナニーはと考えていると、昨夜と同じように襖がゆっくりと開いて人影が現れた。

「う、うわっ、なにやってるんですか、二人とも」

静かに襖を開いて入ってきたのは、すらりとした身体に反比例するかのような見事な巨乳を持つ二人の美熟女だった。

廊下の灯りは節電のために落とされているので、開いた襖の横に立つ友梨香と倫子をランプの弱い光が正面から照らしている。

「なんで下着だけ……」

友梨香は白の鮮やかなフリルに彩られたブラジャーとパンティで、下は腰のところが紐になり、ブラジャーはハーフカップよりもさらに面積が少なく、乳房がはみだしている。

もう一人の倫子はピンクのブラとパンティで、こちらは布地自体は広めだが、肝心なカップや股間部分がシースルーで、乳首や陰毛が透けていた。

美しい女体をさらに淫靡な下着で強調した美熟女たちに、智晶は文句を言う声も小さくなっていた。

「なんでって……若い女好きの智晶くんにお姉さんの身体のよさもわかってもらおうと思ってね」

友梨香は畳の上を長い脚でゆっくりと歩いてきて、智晶の隣に寄り添うように寝そべってきた。

「うふふ、二人で話し合ってね。襲っちゃうことにしたの」

楽しげに言った倫子も友梨香とは反対側にしなやかな身体を横たえる。

智晶を挟んで三人が川の字になり、二人の手が同時に伸びてきた。

「もう充分わかってますって、ちょっとうわっ」

細くしなやかな二人の腕や脚が横たわる智晶の身体に絡みついてくる。

ハーフパンツにTシャツの格好なので、身体の露出した部分にしっとりとした肌の感触や温もりが伝わってきた。

(三人でするつもりなのか、この人たち)

性格も似ている友梨香と倫子は、セックスに大胆なのも同じだが、まさか3Pをしようとするとまでは思っていなかった。

智晶自身も興奮するシチュエーションではあるが、この民宿にいるのは自分たちだけではないし、今夜は雨も降っていない。

「瑠衣ちゃんや咲良さんに聞こえますって」

欲望に負けそうになりながらも、このましてしまっていいのかという逡巡《しゅんじゅん》もあり、智晶は腰をよじらせてなんとも微妙な抵抗を見せた。

「二人とも寝てるから大丈夫だって。ほら脱いで脱いで」

「それきっと、寝たふり、うわっ」

年上の女たちに気を遣って狸寝《たぬき》入りをしているのかもしれないというのに、倫子は自信満々に言って智晶のハーフパンツを引き下げてきた。

確信があるというよりは、別に聞かれても気にしないのかもしれない。

「多分平気だと思うわよ」

続けて友梨香が智晶のTシャツを引き剝がした。

「多分っ、ちょっと、くううう」

智晶の意向などまったく無視したまま、二人の美熟女はパンツも強引に足先から抜き取り、肉棒を握ってきた。

倫子の手が亀頭に絡みつき、友梨香は玉袋を揉んでいる。

「そんな同時に、くうう、ううっ」

その力加減がなんとも絶妙で、智晶はこもった声を漏らして腰をくねらせる。

もちろんだが股間の愚息はあっという間に硬化し、彼女たちの手の中で膨張した。

「ふふ、朝に一回したのに元気ねえ。若いってすごいわ」

釣り場で智晶の射精を受けた倫子は、同じ日の夜なのにギンギンの怒張に感心しながら、ピンクの舌を這わせてきた。

「くうう、だって、そんな風に、ううっ、されたら」

続けて友梨香も笑顔のまま舌を出して肉棒の根元を舐め始めた。

二枚の舌が男の敏感なモノを這い回る快感に智晶はただ身を任せて喘ぐばかりだ。

（咲良さんに聞かれなければ……いいか……）

この状態になっても、智晶はなぜか咲良のことが気にかかる。これ以上軽蔑されたくないという思いからだが、彼女は一階の客間にいるので、よほどのことがない限りは二階の音は聞こえないだろう。

「どう、気持ちいい？」

倫子が亀頭の裏側を舐めながら、智晶を見つめてきた。

そんな彼女の胸元ではピンクのシースルー生地に透けたHカップの巨乳が弾んでいて、たまらない。

「き、気持ちいいです」

つい智晶は本音を漏らしてしまう。二人は同時に勝ち誇ったような笑みを浮かべ、いきり立つ竿をさらに強く舐め始める。

「はうっ、くうう、うう」

それぞれの舌が亀頭の裏筋やエラ、そして竿まで余すところなく這い回る。

血管が浮かんだ肉竿全体が唾液にまみれ、ヌラヌラとランプの灯りに輝いていた。

「もっと気持ちよくなってね」

倫子は厚めの唇を大きく開くと、智晶の大きな亀頭を躊躇いなく飲み込んでいく。

そしてパーマのかかった黒髪が弾むほど、激しく頭を振るのだ。

「ううっ、強い、くうう、ううう」

唾液の音を響かせながら怒張が激しく吸いあげられる。

下半身全体が痺れるような強烈な快感が突き抜けていき、智晶はもうただひたすらに喘ぐばかりだ。

「うふふ、可愛い顔して」

肉棒を倫子に奪われた形になった友梨香は、白のブラジャーを外してGカップの巨乳を大胆に晒す。

すでに乳首が尖っている肉房を智晶の胸に擦りつけるようにして横から覆いかぶさ

り、唇を重ねてきた。

「うっ、んんんん」

友梨香はここでも大胆に舌を動かして貪ってくる。

ねっとりとした熟女の舌の絡みつきに唇も肉棒を蕩けるように痺れていて、智晶は極上の悦楽の中にいた。

「あふ、んんん、あっ、あああん、だめよ、智晶くん」

ただ自分だけ気持ちよくなっているのも申しわけなくて、智晶は左手で目の前の友梨香の美しい乳房を揉み、右手をパンティに滑り込ませる。

すでに興奮していたのか大量の愛液にまみれている友梨香の秘裂から顔を出している、小さな突起を転がしていく。

「あっ、やあん、あっ、あああん、だめって、あああん、ああっ」

友梨香の反応はかなり敏感で、たまらず智晶から唇を離して淫らな声をあげる。

布が少ない白パンティが食い込んだお尻をくねらせ、智晶の目の前ですがるように瞳を蕩けさせていた。

「あらら、すごい音」

パンティがあっても聞こえるくらい友梨香の愛液の音は大きく、倫子は肉棒を口から出して目を丸くしている。

「あっ、ああっ、だって、あああああん、こんな風にされたら、あああっ」

いつもの敏感さを発揮し、友梨香は腰砕けになりながら、巨乳をフルフルと揺らして喘ぎもう切羽詰まったような声をあげていた。

彼女は一度感じ始めるとMっ気が出るというか、快感に流されていく。普段の勝ち気な姿とのギャップがまた男心をそそるのだ。

「ふふ、こっちは先に始めるわよ」

乱れきった様子の友梨香を見つめながら、倫子は身体を隠す役目を果たしていないブラジャーとパンティを脱ぎ去る。

立ちあがった彼女の身体の前で大きく弾むHカップのバストが、ランプの薄明かりに浮かびあがった。

「あっ、なんで、倫子さんが先なのよ、あっ、あああああん」

布団に仰向けの智晶の肉棒に跨がろうとしている倫子を見て、友梨香は抗議しているが、そのタイミングで指がクリトリスから膣口に移動し、またへなへなと崩れ落ちた。

「こういうのは歳の順番でいいでしょ。あっ、あああん、やっぱり大きい」

あくまで自分のペースの倫子は、そそり立つ肉棒の上で豪快にがに股になると、大きなお尻を下ろしてきた。

みっしりと繁った陰毛の中に張り出した亀頭が飲み込まれる。

「くうっ、すごい締めつけです倫子さん、ううっ」

こちらもすでにドロドロに蕩けている媚肉が、亀頭のエラや裏筋にまとわりついてくる。

ただねっとりと絡む感じの友梨香に対し、倫子は強い力で締めつける感じだ。

「私の中、気持ちいい？」

「は、はい、すごくいいです、ううう」

彼女が身体を沈めるたびにグイグイと締めつける媚肉が亀頭を擦っていく。

強い快感がつま先まで痺れさせ、智晶は歯を食いしばりながら、仰向けの身体を引き攣らせた。

「ああっ、私もいいわ、あっ、奥に来た、あっ、あああ」

三十歳を過ぎていてもプリプリとしているお尻が智晶の股間に密着し、倫子がひときわ大きな声をあげて身体を弓なりにした。

ヒップにも負けないくらいの張りを感じさせる丸い巨乳が、大きくバウンドする。

「はっ、はああん、お腹の奥まで来てる、あっ、あああ」

快感に大きな二重の瞳を彷徨わせながら、倫子は身体全体を上下に動かして智晶を貪ってくる。

おびただしい量の愛液にまみれた膣奥にグチュグチュと亀頭が食い込んだ。

「ううっ、激しいです、倫子さん」

もう完全に溺れきった美熟女は、なにもかも忘れたかのように虚ろな顔で、智晶の巨根を貪っている。

Hカップの巨乳を千切れそうなくらいに揺らす激しい彼女の動きに、智晶はいまにも達してしまいそうだ。

「あっ、あああっ、自分たちだけ盛りあがらないでよう、あああん、ああっ」

こちらは指で膣口をかき回されている友梨香が、喘ぎながら訴えてきた。

倫子と智晶が互いの肉を激しく求めあっているのが、気に入らない様子だ。

「だって、これ気持ちいいんだもん。あっ、友梨香さんもあとで突いてもらえばいいじゃん、あっ、ああっ」

騎乗位で智晶に跨がる倫子は友梨香を見下ろしたまま、淫靡な笑みを浮かべる。

「あああっ、そんなのいやっ、代わってよう、ああっ」

こちらは昼間のけんか腰が嘘のように弱々しい声で友梨香が訴える。

けっこうひどいことを言われていると思うのだが、ここでもMの感情が出ているのか強い反抗は見せていない。

「あっ、あああああん、このおチ×チン、最高よ、ああああっ、ああっ」

そんな友梨香を挑発するように、倫子はさらに仰向けの智晶の腰に跨がる身体を豪快に揺らして怒張を貪りだした。

「あっ、ああああん、だ、だめっ、ずるい」

ここでようやく身体を起こした友梨香が騎乗位で腰を踊らせる倫子を突き飛ばした。

「きゃっ、やあん、なにするのよ」

倫子は後ろに倒れ込むようにして畳に転がる、当然ながら肉棒は抜け落ちて飛び出してきた。

「なんで自分が先だって決めてるのよ」

「そんなの自由でしょ」

パンティ一枚の友梨香と全裸の倫子が、今度は乳首まで露出した乳房を突きあわせている。

(これはこれでエロいな……でも二人とも言いたい放題だな)

小さく揺れる美しい巨乳たちに見とれてしまう智晶だったが、一方でちょっと腹が立ってきた。

自分の肉棒が物のように扱われている気がしたからだ。

(どうせならこっちのペースで二人を狂わせてみたい)

智晶の中にムラムラと支配欲ような気持ちが湧きあがってくる。

セックスにも大胆な二人の勝ち気な女を腰が立たなくなるまでよがり狂わせたいと、牡の本能が燃えるのだ。

「二人並んでここに四つん這いになってください」

「あっ、どうして」

まずは友梨香の肩を押して犬のポーズをとらせる。

されるがままに両手を畳についた彼女のムッチリとした巨尻から、最後の一枚であるパンティを剝ぎ取った。

「もしかして二人同時に突くつもりなの?」

パンティが去った友梨香の股間からムッとするような女の香りが立ちのぼる。

倫子もその隣に同じように両手と膝をついた。二人の肩がほとんど密着し艶めかしい熟したヒップが横に並んだ。

「同時に突くなんて無理でしょ。チ×チンは一本しかないんだから」

少し言葉を荒くしながら、智晶は肉棒の形を残すように口を開いている倫子の膣口に亀頭を押し当てていく。

「あっ、はあああん、ああっ、太い、私からなのね、ああっ、嬉しい」

連続して自分は挿入してもらえないと思っていたのか、倫子は歓喜の声をあげて天井に向けている背中を震わせた。

いまだ愛液が溢れ出している感じの媚肉は智晶の巨根もあっさりと受け入れていく。

「あっ、はあああん、奥に、あああっ、深いわ、ああっ、あああん」

感情を露《あら》わにする倫子は歓喜の顔を見せながら突き出したヒップをくねらせている。

肉棒に歓喜してさらに艶やかになった声が、ランプの薄明かりだけの和室に響き渡った。

「ああっ、どうして倫子さんばっかり、ああっ」

切なそうに大きく実った桃尻を揺らしながら、友梨香がもう涙声で訴えてきた。

亀頭の先すら触れていないピンクの膣口からは、だらだらと透明の粘液が糸を引いている。

「友梨香さんはこっち」

倫子の膣奥に強く怒張をピストンしながら、智晶は指で再び友梨香のクリトリスをこね回した。

すっかり勃起している突起を人差し指でグリグリと転がしていく。

「あっ、いやあ、そこばっかり、ああん、あああっ」

肉棒が欲しくてたまらないとはいえ、こちらも女のかなり感じる場所なので、友梨香は首を振りながらも激しく喘ぎだす。

あえて倫子ばかりを犯し続けているのは、もちろん狙いがあってのことだ。

「あああっ、はあああん、いい、あああっ、私、おかしくなっちゃう」

友梨香の肉芽を責めつつ、腰の動きを智晶はさらにあげる。

Hカップの巨乳が釣り鐘のように激しく揺れるほど膣奥を突かれ、倫子は呼吸を詰まらせながら喘ぎ狂っていた。

「あっ、あああああん、もうだめっ、ああっ、イキそうよ、はあああん」

さっき騎乗位で跨がられていた時間も考えると、かなり肉棒でピストンされている倫子は自ら限界を叫んで四つん這いの身体をのけぞらせた。

大きな二重の瞳を虚ろにしたまま、厚めの唇を割り開いて絶叫する。

「ああっ、イク、イク、イクうううう」

快感に身を任せた倫子は畳についた両手脚をガクガクと痙攣させて絶頂を極めた。

締めつけのきつい膣肉がさらに狭くなり、搾《しぼ》り取るように肉棒を食い締めてくるが、智晶は歯を食いしばってなんとかイクのをこらえた。

「あっ、ああ、ああん、はあはあ」

なんども絶頂の発作に突き出したお尻を波打たせたあと、倫子はがっくりと頭を落とした。

さっき友梨香と揉めていたときとは別人のように、満足げな、少し呆《ほう》けた表情を見せている。

「まだまだこれからですよ倫子さん」

彼女がようやく呼吸を取り戻したタイミングで、智晶は再びピストンを再開した。

射精はしていないので、ガチガチに勃起したままの怒張がエクスタシーの余韻も残る倫子の膣内をかき回す。

「あっ、待って、いまイッたところだから、あっ、いやっ、あああ」

動きだした逸物が膣奥を突き始めると、倫子は戸惑った様子で汗まみれの顔を後ろに向けた。

「僕のチ×ポが欲しかったんでしょ。ずっと突いてあげますから」

彼女の狼狽えなど無視して智晶はどんどんピストンのスピードをあげていく。

腰が後ろに突き出された形のいい倫子の白尻にぶつかり、乾いた音を立てた。

「ああっ、こんなにすぐは、ああっ、だめっ、ああっ、あああああ」

黒髪を振り乱して倫子は拒絶するように首を横に振っているが。身体は見事に反応し喘ぎ声も大きくなっていく。

汗に濡れた背中がさらに上気し、ピンク色に染まっていった。

「ああっ、どうして私はしてくれないの、ああっ、クリばかり、ああっ」

倫子を激しく犯し続けながら、一方で友梨香のほうは膣に指すら入れていない。

焦《じ》れたような泣き顔で求める友梨香に入れず、息も絶え絶えの倫子ばかりピストンしているのは考えがあってのことだ。

(狂いそうになるまで焦らしてから犯してあげるよ友梨香さん)

Mっ気のある友梨香にはすぐに挿入せずに欲望を煽り、逆に大胆に男に跨がり気位も高い感じのする倫子をボロボロになるまでイカせまくる。

そうすることで二人ともに快感の極限まで追い込めるかもしれないと考えたのだ。

「あああっ、いやああん、あああっ、すごい、また来る、ああっ、倫子またイク」

激しく腰をくねらせると二つの美しく豊満なお尻がぶつかる。

倫子はついに自分を下の名前で呼びながら、二度目の絶頂を叫んだ。

「あああん、友梨香も、あああん、中でイキたいのに、ああっ、ここはいや」

同様に自分の名を叫んだ友梨香のほうはクリトリスで絶頂を迎えるのがいやな様子だが、もちろん智晶は指の動きを緩めない。

焦らせば焦らすほどに友梨香の身体は敏感になっている風に見えた。

「二人とも同時にイッてください」

限界寸前の四つん這いの二人を智晶はとどめとばかりに責めたてる。

膣奥が歪むほど強く肉棒を倫子の奥に打ち込み、友梨香のクリトリスは指で摘まんでしごきあげた。

「あああっ、イク、あああっ、倫子、イッちゃう、イクううううう」

「私も、あああん、クリで、あああっ、イクっ、イク、イク」

倫子は長く、友梨香は短く叫んで極みにのぼりつめた。

畳に手と膝をついたグラマラスな白い身体が引き攣り、互いに染みひとつない背中がなんどものけぞった。

「あっ、あふっ、ああ……」

クリトリスの絶頂にビクビクと痙攣した友梨香はそのまま畳の上に崩れ落ちた。

「ああっ、あああん、私ももうだめ」

そして倫子もまた突っ伏すように畳にその身を横たえようとする。

「おっと、倫子さんはまだだめですよ」

倫子の頭が畳につく寸前、智晶はよく引き締まった彼女のウエストに腕を回して引き寄せる。

そのまま自分は後ろにある布団に尻もちをついて、彼女のお尻を膝の上に乗せた。

「えっ、いやっ、もう許して、あっ、ああああっ、はあああん」

もちろんだが肉棒は入ったままなので、体位が変わったことでさらに深くに怒張が侵入する。

子宮口を抉るように亀頭が濡れた膣奥を抉り、もう力が抜けきっている上半身の前でHカップの巨乳がブルンと弾んだ。

「しろって言ったのは倫子さんじゃないですか。お腹がいっぱいになるまで突きますから今日は」

智晶は汗まみれになっている二つの巨乳を後ろから握りしめるように揉みながら、下からのピストンを始めた。

「ああぁっ、あああん、もうお腹いっぱいになってるからぁ、ああっ、はああ」

セクシーな厚めの唇を大きく開き、ハーフぽい美しい顔を歪ませた美熟女はみたび狂ったように乱れ泣く。

もう意識も虚ろな様子でされるがままに淫らな悲鳴を響かせる。

(すごい……それでも締めてくる)

ただでさえ締めつけの強い倫子の媚肉は、これだけイッているのというのに、肉棒を千切らんがばかりに絡みついてくる。

三十過ぎの女の貪欲さというか、肉体はまだまだ燃えあがる感じがした。

「あっ、はああん、智晶くん、あああっ、あああっ、あああっ」

さらにはバックのときよりも触れている面積が大きくなってきている倫子の肌の艶やかさだ。

汗に濡れた肌がねっとりと自分の肌に密着するのがたまらない。さらには乳房を揉むとどこまでも指が食い込んでいきそうなくらいに柔らかいのだ。

「倫子さん、もっと狂ってください」

いつしか智晶も倫子の肉体に溺れながら、怒張を自分の上で大胆に開かれた両脚の中心にある秘裂に向かって激しく突きあげていた。

「はうっ、あああっ、死んじゃう、あああっ、もう、あああ、あああ」

倫子はもう完全に自失している様子で汗に濡れた身体を後ろにいる智晶に預け、瞳を妖しく潤ませたまま乱れ続ける。

強気な釣りプロの女性をここまで追い込んでいることに興奮しながら、智晶はさらに肉棒に力を込めた。

「あああ、イク、イクうううう」

またエクスタシーを叫んだ倫子が引き締まった腰をのけぞらせる。

媚肉もギュッと締まり、その奥に向かって亀頭を強く打ち込んだ。

「はっ、はあああん、あっ、あああっ、あああ」

もう言葉も出ない様子で倫子は唇を大きく開いたまま、呼吸を詰まらせる。

白い身体がなんども痙攣を起こし、自慢していた肉の薄い腹部がビクビクと波打っていた。

「まだ終わりじゃないですよ」

倫子がイッた瞬間だけ、肉棒を止めていた智晶だったが、再びまだ収縮を繰り返している膣肉をかき回し始めた。

「だめっ、もう、ああっ、あああああん、ああっ、まだイッてるてば、ああ、ああ」

乳房から引き締まった腰に手を持ち替えて、智晶はだんだんピッチをあげていく。

Hカップの柔乳がブルブルと弾む中、倫子はもう失神寸前といった様子で、首をなんども横に振る。

「あああっ、お願い、あああん、ああっ、奥すごくなり過ぎてるから、ああ」

絶頂の余韻に震えている倫子の女肉は最奥が一番敏感になっているようだ。

そんな言葉を聞かされてそこを避けるはずもなく、集中的に怒張を突きあげる。

「あああっ、あああっ、子宮が壊れちゃう、ああっ、あああああん」

子宮が辛いのかそれとも気持ちがいいのか、男の智晶にはわからない。

ただ倫子の顔を覗き込むと眉間にシワを寄せながらも、二重の瞳はうっとりと蕩けていて、快感の強さを表しているように見えた。

「あああっ、狂っちゃう、あっ、もう智晶くんの大きいのに全部奪われてるよう」

ろれつも怪しい倫子の声が響く中、抜群のスタイルの肉体が上下に弾む。桃尻が智晶の太腿にあたる音がなにもない和室に響き、白い巨乳が淫らなダンスを踊った。

「友梨香さんが見てるよ倫子さん」

ちょうど二人の正面で友梨香が横たわったまま頭だけを起こしてこちらを見ていた。

唇が半開きになったその表情は倫子の痴態に呆然としているようでもあり、快感に溺れる様子を恨めしく思っているようでもあった。

「あああっ、友梨香さん、あああっ、私、あああっ、すごく気持ちいいの、ああ」

友梨香に見つめられて恥じらうどころか、倫子は見ろとばかりに両脚を大きく開き、たわわなバストを弾ませて絶叫する。

「お腹の奥までおチ×チンが届いてるの、あああん、イッてるのに、もっと突かれてるのよう、あああっ」

感極まった様子の倫子は、虚ろな目のまま快感の言葉を繰り返す。

ぱっくりと開いた下の口に野太い智晶の怒張が出入りを繰り返し、掻き出された愛液が滴り落ちている。

「あああっ、またイク、あああああん、今日一番のが来る、あああっ、あああああ」

後ろにいる智晶の腕をぐっと摑み、倫子は大きくのけぞった。

強烈なエクスタシーを女の本能で察知したのだろうか、その言葉を証明するかのように膣奥が強く肉棒を食い締めてきた。

「くう、僕もイキそうですよ」

濡れた粘膜が前後左右から肉棒に押し寄せ、快感に彼女の身体を乗せた両脚が震えた。

とことんまで年上の女を追いあげた智晶だったが、さすがにもう限界だ。

「ああっ、来て、ああああん、倫子のイッてるオマ×コに精子をちょうだい、ああ」

白い歯が見えるくらいに大きく唇を割り開いた倫子はさらに強く智晶の腕を摑み、なんども呼吸を詰まらせた。

「はっ、はいいい、一緒に、くうう」

智晶もそんな彼女にタイミングをあわせるべく、歯を食いしばりながら怒張を上に向かって突きあげた。

「あああああん、イクうううううううう」

背面座位の体位で大きく開かれた白く長い脚をビクビクと引き攣らせ、Hカップの美しい巨乳を千切れんがばかりに踊らせながら倫子はもうなんど目かわからない絶頂にのぼりつめた。

「ううっ、僕もイク」

摑んでいる彼女のウエストを強く引き寄せ、亀頭を最奥に打ち込みながら智晶も頂点に達した。

怒張の根元が締めつけられるような快感とともに、熱い精がほとばしった。

「ああん、来てる、あああっ、智晶くんの精子、ああっ、熱い、あああん」

大きな瞳ももう虚ろでどこを見ているのかわからない様な顔をしたまま、倫子はなんども汗に濡れた身体を引き攣らせた。

その反応が強すぎて、巨乳が激しく波を打ち、だらしなく開いたままの唇からピンクの舌まで覗いていた。

「すごい……こんなに……」

もうプライドもなにもかなぐり捨てたように絶頂に翻弄される釣りプロを見あげながら、友梨香がぼそりと呟いた。

驚いた顔をして友人を見つめているが、畳に寝たままの身体はずっとくねっている。

「あああっ、あふっ、あっ、あああああん、子宮が震えてる、ああ」

倫子はほうはそんな友梨香の様子に気づくこともなく、最後のエクスタシーの発作に翻弄されている。

なんども開いた内腿を波打たせた彼女は、それが収まるのと同時にがっくりと頭を垂れて崩れ落ちた。

「はあ、ああ……」

そしてまるで糸が切れた人形のように智晶の前に崩れ落ちる。

しなやかな身体はまだヒクヒクと小刻みに震えているが、倫子の表情はなんとも満足げだった。

「はあはあ……友梨香さん」

智晶はその向こうで逆の身体を起こした友梨香を見つめながら立ちあがった。

正直、息もあがってしんどいが、中途半端で投げ出すわけにはいかないと、友梨香の前に仁王立ちした。

「欲しいの？　友梨香さん」

少し冷たい感じで年上の女を見下ろして智晶は呟いた。

どこまでも二人の美熟女を追い込む。自分でもよくわからないが、智晶は強くその思いに囚われていた。

「ああ……ひどいわ、倫子さんばかり」

涙目になった切れ長の瞳で智晶を見つめながら、友梨香も全裸の身体を起こす。

ただ文句を言っている声はか細く、畳に膝をついて智晶の太腿を愛おしそうに撫でてきた。

「じゃあすることは決まっているよね」

いつもは勝ち気で、そしてしっかり者の彼女がここまでだめな女になるのかと、智晶は不思議に思った。

ただマゾッ気を持つ友梨香はそんな自分にも性感を燃やしているのかもしれない。

「ああ……うん……すごい香り」

具体的にはなにも言っていないのに、友梨香は射精を終えてだらりとしている智晶の逸物を指で持ちあげる。

男の精液と女に愛液にまみれてヌラヌラと輝くそれを見て、一瞬だけ躊躇する様子を見せた友梨香だったが、耐えきれないような感じで唇を開いた。

「んんん……んく……んんんんん」

そしてそのまま大胆に口内に飲み込み、舌を絡みつかせてくる。

舌は激しく亀頭のエラや竿に絡みつき、倫子と智晶の粘液を拭い取っていった。

「んふ、んく、んんんんん」

ひとしきり舌を動かしたあと、友梨香は濡れた瞳を智晶に向けたまま頭を大きく前後に動かし始めた。

頬の裏の粘膜が男の敏感な場所を擦りあげ、甘い快感が駆け抜ける。

「ううっ、気持ちいいよ、友梨香さん」

夢中で奉仕し続ける友梨香は、顔を歪める智晶のほうをちらりと見たあと、さらに奥深くにまで怒張を飲み込んでいく。

太く逞《たくま》しい逸物が大きく割り開かれた美しい唇の奥に沈んでいった。

「んん、んく、んんん、んふう、んんんん」

もう喉《のど》の近くにまで亀頭は達しているはずで、苦しいだろうと思うのだが、友梨香は躊躇わずに頭を大きく前後に動かす。

目の前に立つ智晶の太腿を両手で摑みながら、膝立ちの身体全体を使って激しいしゃぶりあげを見せた。

「す、すごいよ友梨香さん」

彼女の思うさま翻弄してやろうと思っていた智晶だったが、膝が砕けそうになる快感に身を任せ続けてしまう。

巨乳をブルブルと弾ませ、喉奥の粘膜を擦りつけるようなフェラチオは、極上の甘さをもっていた。

「んく、んんんん、んく、んんんんんん」

智晶が悦《よろこ》びの声を漏らすと、友梨香の頭の動きがさらに速くなった。

頰をすぼめ、鼻で懸命に息をしながら、智晶の巨根に口内のすべてを捧げている。

「くうう、激し過ぎ、ううう」

腰が断続的に震えて欲望が爆発しそうになる。そのたびに智晶は歯を食いしばって耐え、腰を少し引こうとするのだが友梨香が許してくれない。

先走りのカウパー液もかなり出ているはずだが、頬を赤く染めた美熟女は肉棒を逃がすまいと顔を前に突き出してくるのだ。

（これじゃどっちが責めているのかわからないな……）

二人をボロボロになるまで快感によがらせると決めたはずなのに、いつの間にか智晶のほうが翻弄されている。

熟した女の性欲の深さを知る思いだが、負けている場合ではない。

「このまま口の中で出して終わりでいいんですか。僕はそれでもかまいませんが」

唾液の音を立て、肉竿の上で唇を歪める友梨香を見下ろし、智晶は少し冷たく言った。

すると友梨香の動きがピタリと止まった。

「んんん……あふ……いやっ、いやよ、ああ……」

切れ長の瞳を涙目にして友梨香は訴えてきた。いつもの気の強さはもう微塵《みじん》もなく、少女のようなか細い声だ。

「じゃあそこに仰向けになって、オマ×コ開いて欲しいって言ってください」

友梨香のマゾッ気をさらに煽るべく、智晶は命令した。

内心、キレられるのではないかとドキドキしていたが、友梨香はあっさりと畳の上に横たわり、自らその美脚を開いた。

「ああっ、友梨香、オマ×コがもう熱くてたまらないの、ああっ、早く智晶くんのおチ×チンで狂わせて」

自ら指でピンクの秘裂を開き、愛液が滴る膣口の奥まで見せつけながら、友梨香は甘えた声で訴えてきた。

その全身から淫らな香りというが、牝の淫気のようなものが立ちのぼり、智晶ももうたまらない。

「わかりました」

少し声をうわずらせた智晶は、彼女の両脚を抱えると、肉棒をドロドロに溶けた膣口に押し込む。

「ああっ、やっと、ああっ、あああああん、智晶くん、あああっ」

亀頭が媚肉を押し拡げるのと同時に、友梨香は和室に絶叫を響かせて、背中をのけぞらせた。

まだ亀頭部分が入ったばかりなのに、友梨香はもう顔を蕩けさせ切羽詰まったような声をあげている。

（ここもすごい絡みついてくる）

欲望に蕩けているのは膣内も同じで、おびただしい量の愛液にまみれた柔らかい媚肉が甘く締めあげてきた。

きつく絞りあげてくる倫子の女肉とは違う感触に酔いしれながら、智晶はゆっくりと怒張を前に押し出した。

「は、はううん、あああっ、はあああああん」

肉棒が進むたびに友梨香は横たわった身体をよじらせ、仰向けでもあまり脇に流れていない美しい巨乳を波打たせて喘いでいる。

声色もさらに艶を帯び、切れ長の瞳はずっと妖しく潤んだままだ。

「奥までいきますよ」

智晶はけっして急がず、自らの巨根を友梨香の肉に味わわせながら、亀頭を膣奥からさらに奥に向けて押し込んだ。

「はああん、来た、ああああん、やっと、あああっ、あああああ」

歓喜に震えた友梨香は畳に爪を立てながら顎の裏が見えるくらいにのけぞった。

「あっ、あああん、あああっ、智晶くん、あっ、あっ、あああ」

肉棒が根元まで彼女の中に収まりきると、今度は切ない顔になって友梨香は智晶を見つめてきた。

言葉を発しなくても激しく膣奥を突いて欲しいと求めているのがわかる。

(ここで慌てずにするんだよな)

人よりもかなりサイズが大きい智晶の肉棒の先端は、友梨香の子宮口を押しあげている。

いつもそこを激しく突くのだが、今日は馴染ませるように小刻みに突いてみる。

「あっ、ああっ、智晶くん、なんで、ああっ、あああ」

強い快感を与えられるものだとばかり思っていただろう友梨香は、戸惑いながら腰をくねらせる。

「ゆっくりも気持ちいいでしょ、友梨香さん」

一度、肉棒を後ろに引いたあと、あくまでスローに再び膣奥を抉る。

「くっ、はううん、そんな風に、ああっ、ひあああ」

亀頭が濡れおちた膣肉をじっくりと拡張しながら緩いピストンを繰り返すと、友梨香はいつもより少しトーンの低い声でよがり泣いている。

雑誌に載っていた、一気に突くばかりがセックスではないという記事を読んで試してみたが、けっこう効果があったようだ。

「あっ、ああああっ、やだ、あああっ、私、あああっ」

スローピストンを繰り返していると、友梨香の表情がまた変わった。

少し狼狽えた感じで自分の脚を持ちあげている智晶の手を摑んできた。

「ひあっ、どうして、ああっ、私、イキそう、あああっ」

どうやら友梨香はこのゆっくりとした突きあげの中で、自分がのぼりつめようとしていることを自覚したようだ。

「あああっ、来る、ああああん、イク、イッちゃう」

智晶の手に重ねられた指に力がこもり、友梨香はゆっくりと背中をのけぞらせた。

先ほどの倫子のように息を詰まらせる感じではないが、見事なアーチを描いた上体の上で巨乳を波打たせながら、ビクビクと白い身体をなんども震わせた。

「は、はああああん、ああっ、なにこれ、あ……ああ……また来る、ああ」

切れ長の瞳を濡らしたまま、友梨香は断続的にイキ続けている。

「あうっ、あああっ、こんなの、あっ、ああああ」

もう智晶は肉棒を動かしていないのに、媚肉は収縮を繰り返し、友梨香の身体も震え続けている。

まさかここまですごい反応を見せるとは思わず、驚くばかりだ。

「あっ、ああ……あふ……ああ、もうっ、智晶くんの馬鹿」

そしてようやく身体の震えが収まると友梨香は恥ずかしそうに両手で顔を覆った。これもまたいつもの彼女と違って新鮮だ。

「すいません。本で見たのを実践してみたんですが、苦しかったですか？」

イキ続ける最後のほうはもう、目の焦点も合っていなかった友梨香がどんな心境だったのか、男の智晶にはわからず心配だった。

「もうっ、私の身体を実験台にしたのね」

友梨香は両手を顔から離すと、智晶の太腿をつねってきた。そんな美熟女の頬は恥じらいに真っ赤に染まっている。

「焦らされたり、じっくりイカされたり、ひどいわ智晶くん、あああん」

少しくやしそうに言った友梨香は横たわっていた身体を起こしてくるが、肉棒が入ったままだったので、膣肉に亀頭がぐりっと食い込んでしまった。

汗に濡れた乳房まで震わせた友梨香は、息を荒くしながら智晶の肩を掴んで身体を支えている。

「アソコ全部がすごく敏感になってる……智晶くんのせいよ。責任とってもらおうかしら、んん」

「せっ、責任って……」

男が女性に対してとる責任はひとつしか思いつかず、智晶は戸惑ってしまう。

美人でスタイルも抜群の友梨香にこんなことを言われて嬉しくないわけではないのだが。

「嘘よ。され放題で腹が立つから言ったの。馬鹿ね」

ちょっと微妙な笑顔を浮かべた友梨香は、向かい合う智晶の乳首に強く吸いついてきた。

「はっ、はうっ」

くすぐったいような快感が突然駆け抜けて、智晶は情けない声を響かせる。

自分でも恥ずかしくなるような間抜けな声だったが、重たい雰囲気をはらってくれたように思えた。

「うふふ、仕返し。ねえ智晶くん、最後は激しくイカせて」

いまだ肉棒が入ったまま身体を智晶のほうに押し出し、友梨香は強くしがみついてきた。

そして智晶の首筋になんどもキスをしてきた。

「は、はい。いきますよ」

目の前の美熟女は美しく、そして愛おしい。

智晶は強く頷《うなず》くと、しなやかな白い脚をがっちりと抱え、腰を踏ん張って立ちあがる。

巨乳がブルンと弾み、智晶の首にしがみついた友梨香の身体がふわりと浮かぶ。もちろん肉棒は膣内で天を衝《つ》いたままだ。

「あっ、はああん、これ、あっ」

アクロバティックな駅弁体位で貫《つらぬ》かれ、友梨香は目を見開く。

ただこの体位では自分の体重を怒張に浴びせて膣奥で受け止めることになるので、驚いている余裕もないようすだ。

「友梨香さん、たくさん感じてください」

鼻がつきそうな距離で唇を割り開いて喘ぐ美熟女を智晶は渾身の力で突きあげる。

立っている男にしがみついている形の女体が大きく弾み、巨乳が激しく踊り狂った。

「あああっ、ああん、すごいよう、あああっ、奥に、ああん、子宮まで、ああ」

この体位では深さのコントロールは利《き》かないので、長大な逸物が子宮口を歪めてさらに奥にまで食い込んでいる。

切れ長の瞳を泳がせた友梨香は、悲鳴のような激しい喘ぎを響かせながら、よがり狂っている。

「ん、ああっ、だめっ、ああああっ、おかしくなる、ああ」

男の腕で抱えられた両脚ごと身体が上下に揺れ、そのたびにぱっくりと開いた膣奥から肉茎が姿を見せてはまた消えていくを繰り返す。

股間同士がぶつかる乾いた音と共に愛液が溢れ、獣のように二人は貪りあった。

「あああっ、もうイク、あああっ、すごいの来る、あああん、あああ」

体重まで使ったピストンに友梨香が音をあげた。黒目がちの瞳を蕩けさせ懸命に智晶の首にしがみついてきた。

「イッてください、僕も一緒に、おおおお」

今日は朝からなんども射精しているというのに、絡みつく熟した媚肉に溺れる怒張はまた暴発しようとしていた。

白い彼女の両脚をがっちりと固定し、力の限りに揺さぶった。

「あああん、イク、イク、イクううう、あああああ」

豊満な尻肉が波打つくらいに智晶の股間が叩きつけられ、空中に浮かんだ友梨香は雄叫びのような声を響かせる。

力の抜けた腕でどうにか智晶の首にしがみつきながら、汗に濡れる身体を震わせた。

「あああっ、あああ、すごいいいい、あああああ、あああ」

焦らされてずっと待ち望んでいた肉棒の激しい突きあげ、快感もさらに強くなっているのか、友梨香はなにもかもなくしたかのように髪を振り乱して泣き狂っていた。

「ううう、すごい友梨香さん、僕も出ます、くうう」

蕩けきった美熟女の顔を間近で見つめながら、甘く絡みつく媚肉の奥に向かって射精する。

肉棒がなんども脈動しなんど出しても粘っこい精液が打ち込まれた。

「ああっ、智晶くん、キスして」

「ああ、友梨香さん、んんんん」

友梨香の求めに応じて智晶は彼女の唇を奪って舌を絡ませる。

上下の穴で友梨香の温もりを感じながら、智晶は担ぎあげた彼女の中に、蕩けそうな思いで精を放ち続けた。

第四章　年下娘に夜這いされて

「はっ」

目が覚めた瞬間、昨夜のことは夢だったのかと思ったが、自分が裸の上からタオルケットを被《かぶ》っていることが、それが現実だと自覚させた。

「うわっ、もう九時過ぎてる」

ここの民宿の従業員という立場ではないが、お金を払っている客でもないので、朝寝坊はよろしくない。

確か昨日は友梨香をイカせたあと、精根尽き果てて、三人でそのまま眠ったはずだ。ただ二人の美熟女の姿はすでになかった。

「すいません、寝坊しました」

慌てて着替えて一階に降りると、台所に友梨香の姿があった。いつものようにジーンズにシャツ姿の彼女は食事の準備をしていた。

「別にいいよ。それよりお腹空いてないの？　なにか食べる」

友梨香はこちらを振り返って笑顔を見せる。いつもの彼女なら冗談ぽく嫌みのひとつでも言ってきそうなのに。

「は、はい、いただきます」

妙に優しい態度がちょっと怖い。昨日、無茶をしすぎたせいなのか。

「あ、あの、倫子さんは……」

無茶と言えば倫子のほうもだ。彼女はいったいなにをしているのだろうか。

「もう本流のほうが少し水が引いたから釣りをしてみるって降りていったわよ。咲良ちゃんは撮影で付き添い」

民宿の前の谷の下には川の本流が流れている。土だがちゃんと木の板で補強をした階段があるので普通に河原まで降りられる。

昨日の沢は途中の道がほとんど獣道で険しいので、山なれしていないと無理だったが、本流のほうなら咲良でも問題ないだろう。

「倫子さんのことが気になるの？」

こちらに背を向けて材料を切りながら、友梨香が呟いた。まな板を叩く音が大きいのと、彼女の表情がうかがえないのがちょっと不気味だ。

「い、いえ、姿が見えなかったので」

倫子の心配をしているのを友梨香が怒っているのかどうかはわからない。

ただ二人とも元気というか、昨夜はあんなにボロボロになって寝入ったというのに、見た目に疲れた様子は見えず、智晶は女性のタフさをあらためて思い知った。

「あー、朝寝坊の人だ」

自分はまだ腰や膝がだるいのにと思っていると、後ろから瑠衣が洗濯カゴを持って現れた。

日が高い時間はソーラー発電のパワーがあがっているので、洗濯機も電力を気にせず回し放題だ。

「おはよう。瑠衣ちゃんは朝から働いてるんだよね、手伝いもしなくてごめんな」

両手をあわせつつ、智晶は瑠衣の顔をまともに見られない。

昨日の三人での行為の際の激しい喘ぎに彼女が気がついていないはずがないからだ。

「あははは、いいよ。元気は有り余ってるし。お風呂には入れないから身体が変な感じだけどね」

プロパンガスの残量の関係で、身体を拭くくらいで入浴は出来ていない。ただ瑠衣は文句を言っているようでも、天真爛漫に笑っている。

彼女のくりくりとした輝く瞳を見ていると、自分はとんでもなく汚れた大人のような気がしてくるのだ。

「瑠衣ちゃん、裏の畑でネギを摘んできてくれる」

「はーい」

友梨香がそう言うと、瑠衣は元気よく返事をしてまた外に出ていった。

気がついていないふりをしてくれている瑠衣の気持ちが智晶は嬉しくもあり、恥ずかしかった。

「今日も大漁だ。私ってすごい」

そんなことを考えていると、勝手口が開いて、釣り用の服を着た倫子が勢いよく入ってきた。

昨日、智晶の逸物で連続絶頂にのぼりつめた、色香溢れる妖艶な姿とはまさに別人ようだ。

「うわ、ほんとにすごいわね。こんなに釣った人見たことないよ」

彼女が手にしている渓流釣りで釣った魚を入れておくための網カゴの中を覗いて、友梨香が驚きの声をあげている。

智晶も近づいていって覗き込むと、数十匹ものヤマメやイワナがいた。

「すごい数ですね。半日も釣ってないんでしょ」

智晶の父親もよく渓流釣りにいくが、こんなにも大量の魚を持って帰ってきたのは見たことがない。

「へへへ、尊敬しなさい。でも今日は大物がなかったね。普通サイズばかり」

こちらもシャツに厚手の生地のパンツ姿の倫子だが、それでも抜群のスタイルは隠しきれていない。

大きく前に突き出した巨乳を揺らしながら、智晶の肩をポンと叩いて笑う彼女は、釣りには絶対の自信を持っているようだ。

「干物や塩焼きにはこのくらいのサイズが一番いいよ。そうだ今日のお昼はヤマメの塩焼きにしよう。智晶くんかまどを用意してくれる？」

「あっ、はい」

民宿の庭にはバーベキュー用のかまどが作ってある。コンクリートブロックを組み上げた簡素なものだが、そこに炭火を入れて串を刺したヤマメなどを焼くと、遠赤外線の効果でかなり美味しくなる。

「よろしくねー。あ、それと釣りしながら考えてたんだけど」

三人だけで向かい合っているのはちょっと照れくさくて、渡りに船とばかりに外に行こうとした智晶を倫子が呼び止めた。

「ねえ、秋になったらさ、三人で温泉にでもいかない？　私、いいとこたくさん知ってるしさ」

笑顔を見せた倫子が智晶と友梨香を交互に見つめながら言った。

「いいわね。私もたまにはもてなされる側になってみたいし」

友梨香も同意してにっこりと笑っている。ただ二人の目がやけに妖しく輝いているのを智晶は見逃さなかった。

（や、やる気だ。昨日みたいな激しいのを……）

昨夜のことがなかったかのような態度の二人に見えるが、やはり智晶に対する感情は変化しているようだ。

それがどんな気持ちなのかはわからないが、三人で温泉なんかに行ったら今度こそ死ぬまで搾り取られそうな気がする。

「か、考えときます、はい」

曖昧な返事を返した智晶はここは逃げるしかないと、急ぎ足で外に向かった。

「炭も網も問題ないな」

ヒヤヒヤした思いで外に出た智晶は、民宿の建物の横にある倉庫に来ていた。

たまにお客さんのリクエストで、外でバーベキューの食事をすることもあるらしく、炭や大量の薪《まき》も積まれていた。

「ん、なんだこれ？」

倉庫の片隅《かたすみ》を見ると、青のビニールの物体が折りたたまれていた。

「ビニールプール？」

ラベルを見てみると、夏に小さな子供を遊ばせるためのビニールプールだった。

「そういえば瑠衣ちゃん。お風呂に入りたいって言ってたな」

ビニールプールを見ていると、智晶はこれにお湯を張れば女性陣が入浴出来るのではないかという考えが浮かんできた。

「問題はどうやってお湯を供給するかだよな」

風呂に入れないのは、道がいつ開通するかわからないのでガスの残量に不安があるからだ。

ガス以外の燃料としては目の前の薪や炭だ。これでなんとか湯を沸かしてうまくビニールプールに供給出来ないものか。

なにか利用出来るものはないかと倉庫を見ながら、智晶は理系脳を駆使し始めた。

「おおっ、すごい」

炭であぶり焼きにしたヤマメのお昼ご飯を堪能したあと、智晶は女性陣を庭に連れて行った。

バーベキュー用のかまどにあった炭を掃除し、かわりに薪を並べ、その上には小型のドラム缶が置かれている。

ドラム缶には蛇口が取り付けられていて、その下にビニールプールがあった。

「ここで湧かしたお湯を入れたら、お風呂に入れると思いますよ」

倉庫にあったドラム缶や蛇口はここの工事をしたときに使用したあまりで、放置はされていたが先輩たちがちゃんと洗浄していたおかげかそれほどサビはなかった。

智晶はそれに、これも倉庫にあった工具で穴を開け蛇口を取り付けて、かまどの上に乗せたのだ。

高い場所に置かれたドラム缶の中の水を薪で温めれば、あとは蛇口を捻るだけでお湯が下にあるプールに注がれる。

水は庭にある水道の蛇口からホースで持ってきている。沢から無限に供給されるので使い放題だ。

「いい感じに温まってるんじゃないかな」

ドラム缶はバーベキュー用のかまどの上に直置きで、下から薪の火を燃やして温めているので誰かが温度を見ないといけないのが弱点だが、髪や身体を洗ってお湯で流すことが出来る。

蛇口を捻ると下にあるプールに音を立ててお湯が注がれ、湯気があがった。

「お風呂に入れるんですね。嬉しい」

今日もブラウスにスカート姿の咲良が楽しげに笑っている。

そんな彼女の顔を見ていると、友弥は誇らしく、そして幸せな気持ちになるのだった。

「あー、やっぱりお湯に入れると違うわね。しかも露天風呂だし」

庭に置かれたビニールプールでの簡易的な風呂だが、最初に入ってもらったお客様の二人も満足してくれたようだ。

誰かが火の番と湯の温度の管理をしなければならないが、咲良のときは友梨香がしてくれた。

一応仕切り板があるので隠せるのだが、崖側や上は開放されている状態なので智晶がするわけにはいかない。

逆に倫子は堂々と、

「昨日は私の奥の奥まで見たくせに、うふふ」

咲良や瑠衣がいる前で智晶に番をするように言ってきて、かなり焦《あせ》った。

仕切り板も要らないと言い、背中を流すことまで要求してきた倫子の入浴が終わると、今度は友梨香が入る番だ。

「あーん、智晶くん、髪の毛洗って」

こちらも変なライバル意識を燃やし、仕切り板を取っ払って庭に置かれたビニールプールに全裸で入っている。

身体を洗うときは、これも倉庫から持ってきた半畳ほどの大きさの、木製のすのこの上になるのだが、友梨香は狭くて動きにくいからとそんなことを言い出した。

「髪の毛くらい自分で洗えるでしょ」

「無理よ、あっ、転んじゃうかも」

すのこに膝立ちの身体をわざとらしくバランス悪そうに友梨香は揺らしている。

夏の太陽の光の下で、濡れたGカップの巨乳がブルブルと揺れていた。

「しょ、しょうがない人ですね」

言い出したらもう聞かないのはわかっているから、智晶は仕方なしに彼女の前にしゃがんでシャンプーのついたストレートの黒髪を手で洗う。

目の前で閉じられているムッチリとした太腿や、その奥にある陰毛にも白い泡がまとわりついていて、なんだかいやらしかった。

(野外で見るとさらにエッチな感じがするな)

昨夜はランプの薄明かりの中だったが、友梨香の肉感的なボディは充分過ぎるくらいに淫靡だった。

明るい陽射しの下だと身体のめりはりが強調されている。さらにはこんな野外で女性の全裸を見るという機会などめったにないという思いも、智晶の心を刺激するのだ。

(だめだ……変なこと考えてたら、またこの人たちのペースに)

倫子の入浴の際もそうだったが、二人の身体はほんとうに男を惑わせる。

だがそれに溺れてしまったら、今夜どころか昼間から搾り取られそうだ。

(咲良さんにも変態だと思われちゃうよ)

智晶は、自分が咲良のことを特別に意識しているのをさすがに自覚していた。手遅れかもしれないが、これ以上彼女に色欲に溺れる人間だと思われたくない。

「もう流しますよ。トリートメントは自分でやってください」

友梨香の艶のある黒髪にプールから洗面器ですくったお湯を流していく。

泡が綺麗に取れたのを確認して、智晶はその場から立ちあがった。

「あーん、意地悪」

不満そうに言う友梨香を無視して、智晶は仕切り板の向こう側にいって火の番を始めた。

これ以上、淫靡そのものに熟した白い身体を見ていると、ほんとうに変な気持ちになってしまいそうだからだ。

「次は私だね。やっとちゃんとお風呂に入れる」

友梨香の入浴が終わると、瑠衣がタオルを手にしてやってきた。

ショートパンツにタンクトップ姿で嬉しそうに声を弾ませている。

「ちょっと待ってよ。火の番を友梨香さんか倫子さんに頼まないと」

肉体関係のある熟女二人はともかく、瑠衣の風呂に男の智晶が立ち会うわけにはいかない。

「いいよ、水着も着てるし」

あっさりとした調子で言った瑠衣は大胆にタンクトップを脱ぎ捨てた。

「おっ、おい、ちょっと」

庭先なのをまるで気にせずに瑠衣はショートパンツも脱ぐ。その下はブルーの生地に柄が入った可愛らしいビキニだった。

倫子や友梨香には及ばないが、瑠衣も充分に乳房が大きい。反面ウエストは若々しく引き締まっていて、素晴らしいスタイルをしているので、智晶は驚きのあまり目を背けてしまった。

「水着だって、たまに泳ぐから友梨香さんの部屋に置きっぱなしにしてたんだよ。なに照れてんのお兄ちゃん」

ビキニは布の面積も小さめで、張りの強そうな柔乳が上にはみだしている。

民宿の改装のために智晶が初めてここに来たとき、まだ瑠衣は高校生だった。そんな彼女の、あられもない姿を見てはならない気がして智晶は視線を外す。それを見て瑠衣はケラケラと声をあげた。

「この水着で東京のプールとか行ってるし」

照れくさい智晶を小馬鹿にしながら、瑠衣は衝立の板の向こうに消えた。

「そっか……」

彼女もう地元を離れて東京の大学に通っているのだ。いつまでも子供ではないのだ。

「お湯が熱かったら言ってよ」

「はーい、ありがとう。ちょうどいいよ。気持ちいい」

かまどの番をしゃがんでする智晶の耳に、瑠衣の心地よさそうな声が聞こえてきた。

これだけでもこの即席風呂を作ったかいがあったというものだ。

「身体洗いまーす」

「はいよ。流すお湯は洗面器ですくわないといけないから、先に多めに溜めといて」

「うん」

シャワーなどないので、身体や髪を流すときは洗面器でビニールプールの中のお湯を使う。だからあらかじめ、ドラム缶から多めに湯を溜めておくのだ。

「ねえ、お兄ちゃんって、友梨香さんと付き合ってるわけじゃないんでしょ」

蛇口からお湯が注がれる音に混じり、瑠衣の声が衝立の向こうから聞こえてきた。

「な、なに言い出すんだよ、いきなり」

完全に油断していた智晶は、突然、突っ込んだことを聞かれパニックになった。

「じゃないと、三人でエッチなんか出来ないよね。あははは」

やけにあっさりとした感じで瑠衣は笑っている。

「き、聞いてたのかよ。る、瑠衣ちゃん」

「あんなに大きな声出してたら隣まで筒抜けだよ。よくやるなあと思って」

やはりそうだったようだ。

「も、申しわけない」

聞かれているだろうなとは思っていたが、やはりそうだったようだ。

まだ十代の瑠衣に獣の様な男女の行為を聞かせてしまった。智晶はあらためて昨夜は調子に乗りすぎたと反省した。

「ねえ、お兄ちゃんはやっぱり巨乳が好きなの？　私くらいじゃ大きいとは思わないのかな、これでもEカップはあるんだけど」

「なんの話だよ。うわっ」

話が変な方向に向かいだした瑠衣の声がやけに近くなった気がして、智晶はかまどの前にしゃがんだまま顔をあげる。

すると衝立の板のすぐ向こうに瑠衣が立っている。板はそれほどの高さがないので身長が低めの彼女でも立つと顔は出るのだが、さらに背伸びして乳房まで見せていた。

「ちょっとなにしてんだよ。み、水着は」

お湯に濡れた若々しい肩先とくっきりと浮かんだ鎖骨。そしてそのしたにお椀形に膨らんだ張りの強い乳房があった。

小柄で細身の身体には不似合いに盛りあがり、色素が薄く小粒な乳頭部が幼げな感じがした。

「身体を洗うのに水着着たままなわけないじゃん。お兄ちゃんにならば別に見られてもいいし」

いつもとは違う、少し憂いがかった表情で瑠衣は衝立の上にEカップのバストを乗せながらこちらを見ている。

大胆で、そして初めて女を感じさせる瑠衣に、年上の智晶のほうが狼狽えてしまう。

「私が一人だけお兄ちゃんって呼んだ意味とか考えてくれたことないの？」

ピンク色の乳首を太陽の光に輝かせながら、瑠衣はまた少し笑った。

その顔があまりに大人びていて、智晶はもう落ち着きを取り戻すことなど出来ない。

「え……歳が一番近いからじゃないの？」

「もうっ、鈍感、バカ」

今度は勝手に怒りだした瑠衣は、衝立の向こうに消えてしまった。

「私だって女なんだからね。そのへんを考えてよ」

プールの中にしゃがんでいるのか声だけは近くから聞こえてきた。

「ごめん……」

さすがの智晶でも瑠衣の言っている意味はもうわかる。彼女が高校生のころからそういう気持ちを持ってくれていたというのか。

「でもそのあと彼氏が出来て、しかも東京行くときに別れたんだけどね」

続けて聞こえてきた言葉に智晶はガクッとこけそうになった。

あっさりとしているというか、十九歳なのにずいぶんとドライな考え方だ。

(まったく……どれが本音なんだか……)

小悪魔のように智晶を惑わせる瑠衣。昨日、あれだけメロメロになっていても朝になるとけろっとしている倫子と友梨香。

年齢に関係なく女性は強い。あらためて智晶はそう思った。

「身体も洗えたからもうあがるね」

「うん……」

そんなことを考えているうちに、瑠衣が身体にバスタオルを巻き、サンダルを履いて出てきた。

「ねえ、お兄ちゃん。夜になったらお兄ちゃんの部屋に行くから寝ないで待っててて」

少し頰を赤くしてそう言った瑠衣はバスタオルの前を押さえたまま、駆け出した。

「えっ、瑠衣ちゃん、ちょっと」

驚いた智晶の問いかけに振り返ることもなく、瑠衣は建物の中に入っていってしまった。

もう薪が燃え尽きようとしているかまどの前で、智晶はただ呆然とするのみだった。

「そういえばお父さんからこれを預かってたの忘れてました」

夕食時、瑠衣がやけに明るい声で酒瓶を出してきた。

「おー、これ有名な焼酎じゃないの」

茶色い瓶に貼られたラベルを見るなり倫子が歓声をあげた。

「これおいしいんだよ。じゃあ智晶くん、呑もうか？」

棚から勝手にコップを取り出して、倫子が勧めてきた。

「い、いえ、僕は、焼酎どころかビールも呑めないんです、体質的に」

実は智晶は祖父の代からの下戸で、お正月や法事でも酒が並んだことがない家の育ちだ。

もともとアルコールを分解する能力が極端に低いらしく、会社の宴会などでもずっとウーロン茶だ。

「ちえっ、そうなんだ。あっ、咲良ちゃんは少しは呑めるのよね」

「さすがに焼酎は呑んだことないので……む、無理かも……」

智晶が呑めないと知った倫子は咲良に勧めようとするが、グラスに少し注いだだけでアルコールの香りがする強い酒に腰が引けている。

ブラウスとスカートしか持ってきていないという咲良は、いまは少し丈が短めのものを穿いているので、畳の上で後ずさりすると白い太腿がちらりと見えた。

「瑠衣ちゃんは十九歳だから無理だし、そうなれば私しかいないでしょ。とことん付き合ってあげる、かんぱーい」

友梨香がグラスと氷を持ってきて互いに注ぎあい、倫子と二人早速飲み始める。

「あとはお願いね瑠衣ちゃん。酔っ払ったらなんにもする気が起きないから」

すっかり上機嫌になった友梨香は、後片付けをすべて瑠衣に任せるつもりのようだ。

「はーい、やっときます」

明るく返事を返した瑠衣の笑顔が、少し悪巧みをしているように見えた。

(気のせい……だよな……)

目を擦ってあらためて瑠衣を見ると、いつもの瞳が大きな純真な美少女だった。

(まあ本気で来ることもないだろ)

夜も更け、電力の節約のために灯《あか》りを落とした部屋で、智晶はさすがに瑠衣はやってこないだろうと考えていた。

上等な焼酎を勢いよくがぶ飲みした熟女二人は、広間でそのままひっくり返って眠っている。

瑠衣と咲良はあきれ顔で二人にタオルケットをかけたあと、洗い物をしていた。

智晶もそれを手伝ったが、瑠衣とは会話を交わすことはなかった。

「焼酎を持ち出してきたのも……まさかこれを狙って……いやいや」

父親から預かっていたのを忘れていたというのはほんとうかもしれないが、このタイミングで出してきたのは友梨香と倫子を酔い潰す意図があってではないのか。

ただいくら大人っぽくなったとはいえ、あの純真な瑠衣が男の部屋に行くためにそんな策略を巡らせるとは思えなかった。

「親父さん怖いしな……」

昼間の件で瑠衣を女として意識してしまったあと、智晶はふと、なぜ民宿の改築工事のために彼女の家の離れに泊めてもらっていたときに、誰もちょっかいを出さなかったのかと思った。

制服姿の瑠衣は子供っぽさはあるがかなりの美少女だった。なのに若い男があれだけ何人もいて連絡先を聞いたものすらいなかったのだ。

『熊？　ああ、あるよ。公民館に飾ってある剝製のやつ、あれ俺が撃ったの』

瑠衣の父親は気さくな人柄だったが、身体が大きく顔が鬼瓦のような人だ。

しかも農業の傍《かたわ》ら猟師も営んでいて、学生の一人が熊に遭遇したことがあるのかと聞いたときの答えがそれだった。

集落に下りてきて畑を荒らす熊を撃ったそうだが、実際に猟銃を構える手つきをした彼は迫力があった。

(あれでみんなビビッたんだよな……)

熊撃ちのことを生々しく語ったあと、瑠衣に悪い虫がついたら撃っちゃうかもと、言った父親は、口元は笑っていたが目は真剣に見えた。

理系で真面目なタイプの学生たちはそれだけで震えあがって、瑠衣には話しかけようとすらしないものもいた。

「忘れてたけど……だから俺もお兄ちゃんって呼ぶ理由を聞けなかったんだ」

変な会話をして親父さんを怒らせたら、撃たれないまでも木に吊るすくらいはされそうだから、突っ込んで聞けなかったのだ。

その瑠衣は智晶を特別な存在だと思っていたから、お兄ちゃんと呼んでいたというのだ。

「気の迷いだろ」

そう考えることにして、智晶は明日は寝坊しないように早く眠ることにした。

「お兄ちゃん、お待たせ」

充電式のランプの灯りを消そうとしたとき、襖がすっと開いて瑠衣が現れた。

タンクトップにショートパンツ姿はさっきと同じで、瑞々しい二本の脚が薄明かりに照らされて艶めかしく見えた。

「お、お待たせって、ええっと……ゲームとかするんじゃないよね」

予想を裏切って姿を見せた瑠衣に、智晶は正直パニックになってろくな受け答えも出来なかった。

「なに言ってんのよ。ゲームなんか最初からないでしょ」

布団の上で身体を起こした智晶の足元に、瑠衣は四つん這いになって迫ってきた。

（ノ、ノーブラ）

両手を布団の上について犬のポーズを取ると、タンクトップの胸元が大きく開いて昼間見た、張りの強いEカップの乳房が覗く。

なんと瑠衣はブラジャーを着けておらず、ピンク色の乳頭部がタンクトップの間からはっきり見えていた。

「いつもそうやって逃げるんだから。特別だと思ってるからずっとお兄ちゃんって呼んでるのに」

仰向けで上半身だけを起こしている智晶の上から覆いかぶさるようにして、瑠衣は顔を近づけてきた。

頬も丸く二重の瞳がぱっちりとしている顔が間近に来ると、心臓の鼓動が一気に早くなった。

「逃げた覚えはないけど……」

彼女の澄んだ黒目から視線を逸らすことが出来ないまま、智晶はそう呟いたが、確かに親父さんの怖さを理由にして真剣に考えるのを避けていたのかもしれない。

「ねえ、私だってもうバージンじゃないんだから。友梨香さんや倫子さんと同じように愛してよ」

智晶にのしかかったまま瑠衣は強引に唇を近づけてくる。

「ちょっと、んんん……んく……んんんん」

柔らかい唇が重なり、ぬめった舌が入り込んでくる。智晶もそれを受け入れてゆっくりと絡ませていった。

「んん、んんん、んんんん」

様々な考えがよぎっては消えていく。唇と舌から伝わる瑠衣の温もりと、タンクトップの薄布を通して伝わる乳房と乳首の感触が智晶の脳から考えを奪うのだ。

「んん……んふ……お兄ちゃんとチューしちゃった」

和室の中に音が響くほど強く貪りあったあと、ようやく唇が離れると、瑠衣は少女のころに見せていた無邪気な笑顔になった。

さっきまではやけに大人びて見えたのに、コロコロと顔を変えて男の心を惑わせる。

「俺は無茶するぞ、瑠衣ちゃん。やめるならいまだぞ」

智晶ももう興奮に胸の奥と股間を熱くしながら、ショートカットの黒髪を揺らす美少女に言った。

冗談ぽくなったのは、まだどこかで照れる気持ちもあったのかもしれない。

「狂わせてお兄ちゃん。友梨香さんや倫子さんのように私も」

ただ瑠衣のほうは怯むことなく、大きな瞳をちょっと妖しく輝かせて、智晶の首に腕を回して抱きついてきた。

首筋に感じる彼女の吐息は、なんだか湿りを帯びていてやけに生々しかった。

「もう後戻りはなしだぞ」

完全に覚悟を決めて智晶は自分の腰を跨いでいる瑠衣の両脚の真ん中に手をもっていく。

ショートパンツと、その下にあるパンティの中に指を滑り込ませ、薄い土手の奥をまさぐりだす。

「あっ、お兄ちゃん、あっ、そこは」

柔らかい花弁に智晶の指が触れたとたん、瑠衣は表情を変えて甘い声を漏らした。

「すごく濡れてるよ、瑠衣ちゃん。エッチだな」

さらに奥に指を入れると大量の愛液が溢れかえっていて、熱く蕩けていた。

あらためて瑠衣がもう少女ではないのだと感じながら、智晶は肉の突起を指の先で転がしていった。

「あっ、ああああん、だって二晩もすごい声聞かされて、ああん、そこ、ああ」

クリトリスの快感に敏感に反応しながら、瑠衣はショートパンツの腰をくねらせて喘ぎだす。

もう声は完全に艶を帯び、活発さを感じさせる大きな瞳は艶めかしく濡れていた。

「おっぱいも素敵だよ、瑠衣ちゃん」

智晶は彼女のタンクトップを捲《まく》り、ノーブラの乳房を露出させる。

プルンと揺れて飛び出してきた乳房は、見事なくらいの丸みを持っていて、指で押せば弾《はじ》かれそうだ。

智晶は空いている手でそれをゆっくりと揉みながら、小さめの乳首に舌を這わせた。

「あっ、お兄ちゃん、あああん、両方なんて、あっ、あっ」

乳首とクリトリスの両突起を同時に責められて、瑠衣はショートパンツがずれた腰を激しくよじらせながら、もう切羽詰まった声をあげている。

智晶はそのまま身体を入れ替えて上になると、激しく舌を動かした。

「あっ、ああああっ、いやあああん、あああっ、はあああん」

小さめの唇を大きく開いた瑠衣は、白い歯を覗かせながら淫らに喘ぐ。

乳首を舐めながらその様子を見ていると、ふと瑠衣の高校時代の笑顔が重なる。

(大人になったんだな、瑠衣ちゃん)

子供としか見ていなかった瑠衣のよがり顔に、智晶はもう子供だった彼女はいなくなり、倫子や友梨香と同じように性の炎を燃やす女に成長したのだと思った。

「もっとエッチなところ見せてよ」

どこか遠慮する気持ちもあった智晶だが、完全にそんな感情は捨て、瑠衣のショートパンツと白のパンティを同時に引き下ろした。

「あっ、やっ、脚、開いたら恥ずかしい、あっ、いやっ」

しなやかな脚と陰毛が薄めの土手が露わになり、瑠衣は乳房の上までめくれたタンクトップだけの姿となる。

そんな彼女の両脚を両手で摑んで持ちあげながら、顔を股間に埋めていった。

「自分から迫っておいていまさら恥ずかしがっても、だーめ」

恥じらう瑠衣だが、濡れた股間に鼻を近づけるとむんと女の香りが立ちのぼってくる。その甘い香りに引き寄せられるように智晶は尖っている突起にしゃぶりついた。

「あっ、ああああっ、そんな風に、ああっ、あああああん、ああ」

いつしか智晶も夢中でクリトリスを唇で吸ったり、舌先で転がしたりと懸命に愛撫をしていた。

なにもない和室の響き渡る甲高い瑠衣の喘ぎ声。それを自分の舌が絞り出しているのだと思うと、たまらなく興奮した。

「あっ、ああああっ、お兄ちゃん、ああああっ、激し過ぎる、ああああっ、私、待って、あああん、私、このままは、はあああん、いやなの、ああっ」

激しくよがり狂いながら瑠衣はなよなよと首を振って、智晶の頭を手で押し返そうとする動きを見せた。

はっきりと言葉にしたわけではないが、瑠衣が智晶を望んでいるのだと理解した。

「うん、でもその前に、瑠衣ちゃんもしてくれる？」

智晶はゆっくりとその場で立ちあがると、服をすべて脱いで肉棒を突き出した。逸物はすでにギンギンですぐに挿入しても問題ないが、あえて瑠衣に舐めさせたかった。

（瑠衣ちゃんはどこまで淫らになるんだろう……）

今日の今日まで子供としてしか見ていなかった美少女の、いやらしい姿をもっと見てみたい。そんな気持ちだ。

「う、うん……」

少し照れたような顔をしたが瑠衣はすぐに身体を起こし、布団の上に仁王立ちの智晶の前に膝立ちになった。

乳房の上に引っかかっている感じのタンクトップに智晶が手をかけると、されるがままにバンザイして全裸となった。

「ほんとうに大きいね」

血管が浮かんで反り返る智晶の巨根に目を丸くしながら瑠衣は唇を近づけてくる。

そしてまったく恐れる様子もなく、亀頭を包み込んできた。

「んん……んふ……んく」

鼻を鳴らしながら瑠衣は怒張の先端を優しく舐めていく。唾液を絡みつかせながら慈しむように吸いついてきた。

「瑠衣ちゃん、く……」

二人の熟女に比べるとその動きはたどたどしいが、それでも愛情がたっぷりとこもった吸いあげに智晶は無意識に腰を震わせていた。

「んん……んく……ぷはっ、気持ちよくなってね、お兄ちゃん、んんん」

肉棒を吐き出し、一瞬だけいつもの笑顔を見せた瑠衣は、今度は大胆に口を開いて怒張を奥に飲み込んでいった。

ぬめった舌を密着させながら、頭を前に出してきた。

「んんん……んん、んく、んんんん」

そして亀頭を喉奥のほうにまで誘い、大胆に頭を振り始めた。

「ううっ、瑠衣ちゃん、くううう」

亀頭部が喉にゴツゴツとあたっている感触があるが、瑠衣は怯むことなくショートカットの髪を揺らしてしゃぶり続ける。

張りの強いEカップが波打ち、ピンク色の乳首がつられて踊っていた。

(あの瑠衣ちゃんがこんなに美味しそうに俺のチ×チンを……)

彼女が頭を引くと唇が竿に吸いついて大きく歪む。瞳はうっとりと潤んだまま時折こちらを見る瑠衣はどこか恍惚としているように見える。

美少女の淫靡な変貌に智晶はさらに興奮し、肉棒が脈打つほど感じてしまうのだ。

（それにずっと腰を……）

しゃぶりながら瑠衣は形のいいお尻を自らくねらせている。

膝立ちの両脚もずっと擦り合わせていて、瑠衣の女が昂ぶっているのが見てとれた。

「そろそろ、いくよ瑠衣ちゃん」

自分の快感に浸《ひた》るばかりではいけないと、智晶は瑠衣の頭に手をやってフェラチオをやめさせた。

「んん……ぷはっ……うん」

少しはにかんだような笑みを浮かべたあと、瑠衣は再び布団の上に横たわった。

仰向けの細身の身体の上で、まったく脇に流れずにお椀形に盛りあがる乳房を、ランプの灯りが淫靡に照らしていた。

「ゆっくりいくからね」

智晶のモノが巨根過ぎるせいか、緊張気味に見える瑠衣の両脚を抱えながら、そう囁いた。

「うん。でも遠慮しなくていいよ。友梨香さんたちと同じくらい瑠衣にも激しくしてね、お兄ちゃん」

少し笑みを見せて瑠衣は静かに言った。智晶に気を遣っているのもあるだろうが、瑠衣の瞳はどこか淫靡に輝いている。

(倫子さんたちにも負けないくらいに狂わせて欲しいってことなのかな……)

可愛らしい見た目とは裏腹に、美熟女たちにも負けないくらいの女の欲望を瑠衣は肉体に蓄えていたのか。

ならば智晶もただの牡となって、瑠衣を狂わせてやりたいと思うのだ。

「いくよ」

両脚を抱えて開き、濡れそぼったピンクの秘裂を露出したあと、あえて智晶はそのまま挿入せずに彼女の身体を横寝にさせた。

そして左脚だけを天井に向かって伸ばさせ、智晶は布団の上の右脚を跨いだ。

「あっ、お兄ちゃん、こんなかっこうだめっ」

片脚だけをヨットのマストのように掲げた体位にされ、瑠衣は驚いている。

そんな彼女の愛液に濡れ光る膣口に向かい、智晶は亀頭を沈めていった。

「あっ、はあああん、お兄ちゃん、ああっ、恥ずかしいよう、ああ」

両脚が九十度に開いた形で、智晶のところから挿入部がはっきりと見えているので、瑠衣は激しく首を振って恥じらっている。

ただ怒張がどんどん媚肉を引き裂くと、背中をのけぞらせて淫らに喘いだ。

「瑠衣ちゃんにエッチなことたくさんするよ今夜は。いいだろ」

十九歳の媚肉は少しまだ固さを持っていて、かなり締めつけも強い。ただ愛液が大量に溢れているので怒張はすべるように奥に達した。

「あっ、うん、ああっ、瑠衣を狂わせて、あっ、奥に、あああっ、深い、あああ」

智晶の巨根が膣奥に食い込むと瑠衣は息を詰まらせて、横寝の身体を震わせている。

半開きの唇からは湿った息が漏れ、肌も一気に上気していった。

「まだまだ入るぞ」

最奥に達したあとも、長大な逸物は子宮口を押しあげながら、さらに侵入する。

「あっ、ああああああん、お腹の中まで来てるよう、ああっ、お兄ちゃんの、ああ」

ここはちゃんと大人びているピンクの膣口がぱっくりと開き、肉竿が根元まで押し込まれる。

小柄な身体が大きくのけぞり、張りの強い乳房がブルンと弾んだ。

「いやっ、ああっ、変な角度で、あああん、お兄ちゃんの大きいのが」

瞳は閉じたまま唇をこれでもかと割り開いて瑠衣は快感に身悶えている。

この顔もまた彼女がもう子供ではないのだと感じさせ、智晶もさらに燃えあがっていった。

「この体位でするのは初めてか？」

彼女の右脚を持ちあげたまま、智晶は奥まで押し込んだ巨根をピストンし始めた。

「あああっ、うん、ああっ、だめっ、ああっ、深い、あああ」

もう呼吸がかなり荒くなっている瑠衣は、もう智晶の質問にもきちんと答えられないくらいに溺れている。

「ああっ、お兄ちゃんのすごい、ああっ、はあああん」

「なにがすごいんだ？　ちゃんと言って瑠衣ちゃん」

彼女を大人と認めると、今度はもっといやらしく責めてみたくなる。

「ああん、いやあああん、だからお兄ちゃんの、ああ、あああ」

智晶の腰が彼女の股間にぶつかるたびに、太腿が波打ち乳房が激しく弾む。

そのものの言葉を口にするのはさすがに恥ずかしいのか、瑠衣は横寝で自分の腕に乗せている頭をなよなよと振った。

「教えてくれないなら、抜いちゃおうかな」

瑠衣に拒否された智晶は、ピストンを止めゆっくりと肉棒を引き抜いていく。

快感に溺れながらも恥ずかしがる美少女はいじらしくて可愛いが、昨夜の友梨香や倫子のように快感に追いつめられた瑠衣がどんな顔を見せるのか、そこへの興味が抑《おさ》えられなかった。

「ああ、まって、ああぁっ、おチ×チン、お兄ちゃんのおチ×チンがすごくいいの」

力が抜けているのか起こそうとする上体をふらつかせながら、瑠衣は懸命に叫んでいる。

そんな瑠衣の顔はまさに快感に溺れた牝の色をたたえていた。

「そうか、じゃあもっと味わうんだ瑠衣ちゃん」

肉棒を最後まで引き抜いたあと、智晶は瑠衣の身体を裏返しにして後ろから膝の裏を抱えあげた。

「えっ、やだ、こんな格好、あっ」

幼子が母親におしっこをさせてもらうときと同じ形で、空中でM字開脚の体勢になった瑠衣は驚いて目を見開いている。

自身は布団に尻もちをついた智晶は、泣き声のような声をあげる彼女の小柄な身体を屹立した怒張の上に下ろしていった。

「あっ、あああん、お兄ちゃん、ああぁっ、これ、ああぁっ」

プリプリとしたお尻の間に、天を衝《つ》く太い怒張が飲み込まれていく。

すぐに瑠衣は恥じらいも忘れたように激しい声をあげてのけぞった。

「瑠衣ちゃんは軽いから、こんなことも簡単に出来るよ」

智晶はM字開脚の瑠衣の膝裏を支えたまま、激しく上下に揺さぶりだした。

すでに愛液でドロドロに膣内を野太い逸物が激しくピストンし、瑠衣の細身の身体が小刻みに震えた。

「あああっ、お兄ちゃん、ああああん、恥ずかしいよう、あああん、あああ」

「そうだな、こうすると瑠衣ちゃんのオマ×コに俺のチ×チンが入っているところが丸見えだよ」

わざと彼女を恥じらわせるようなことを言いながら、瑠衣の肩越しに結合部を覗き込んだ。

少なめの陰毛の下で軟体動物ようにヌメヌメと輝くピンクの媚肉。そこを大きく引き裂きながら茶色い怒張が激しく出入りし愛液を掻き出していた。

「いやああん、見ないで、あああっ、瑠衣の身体、すごくエッチになってるから」

牝の本能を剥きだしにしている感じの女の部分を見つめられ、瑠衣は強く恥じらう。

ただその間も瞳は蕩けたまま、喘ぎ声はあがりっぱなしで、そんな彼女を見ているともっと快感に溺れさせたくなる。

「こういうのはどうだ、瑠衣ちゃん」

智晶は瑠衣の身体を大きく抱えあげる。亀頭が抜け落ちる寸前まで怒張が瑠衣の中から姿を見せたタイミングで支える腕の力を抜いた。

「あっ、なにを、あっ、あああああん」

小柄な身体がすとんと下に落ち、怒張が一気に根元まで吸い込まれる。

亀頭に全体重を浴びせる形となり、瑠衣は全身をガクガクと震わせて瞳を泳がせて絶叫した。

「まだまだいくよ」

少し苦しんでいるのかと思ったが、瑠衣はただひたすらに感じているだけのようだ。

智晶はそんな彼女の身体を持ちあげては落とすを繰り返す。

「あっ、あああああ、これ、すごい、ああっ、あああん」

膣奥に亀頭が打ち込まれるたびに、張りの強いEカップが千切れそうなくらいに弾けて踊る。

瑠衣はもう瞳を蕩けさせ、されるがままによがり狂っていた。

「あああっ、お兄ちゃん、あああっ、私、もうイッちゃう」

限界を口にした瑠衣は落下を繰り返す身体を震わせて訴えてきた。

「うん、イクんだ。最後は速く突くよ」

彼女の身体を自分の股間の上に下ろし、丸みのあるバストを背後から揉みしだきながら怒張を強くピストンする。

「あっ、あああん、うん、あああっ、私、あああ、お兄ちゃんの前でだめな女になっちゃうよう、あああ」

ショートカットの髪を弾ませながら瑠衣は切ない声で訴えてきた。

智晶は恥じらいと快感に悩乱している美少女の顎を持ってこちらを向かせた。

「ちゃんと見ててあげるよ、瑠衣ちゃんのイクところを」

細い肩越しにこちらを振り返っている瑠衣の頬はもう真っ赤で、額には汗が浮かんでいる。

悦楽に蕩けきった顔で智晶を一心に見つめ、ただ肉棒に身を任せている。

「ああ、いいよ見て。あああん、でもその前に、ああっ、キスして」

肉棒が突きあがるたびに快感に喘ぎながら、瑠衣が懸命に声を振り絞ってきた。

「うん」

もちろん拒否する理由などなく、智晶は腰を捻った彼女を抱き寄せて唇を重ねる。

半開きのままの小さな唇の中に舌を差し入れて激しく貪った。

「んんん……ん……さあいくよ瑠衣ちゃん」

「うん、ねえお兄ちゃん、今日は瑠衣平気な日だから……一緒にイッて」

ねっとりと舌同士を絡みつかせてようやく唇が離れると、瑠衣は蕩けた目で囁いてきた。その言葉に頷いた智晶は瑠衣の引き締まったウエストを両手で摑む。

そして勢いをつけて最後のピストンを開始した。

「あああっ、お兄ちゃん、すごい、あああっ、瑠衣、あああん、もうだめっ、ああ」

布団に座る智晶の膝の上で小柄な美少女の身体が弾み、美しいバストが踊る。

白い歯で自分の指を嚙みながら、瑠衣は白い背中をのけぞらせた。

「ああっ、イク、イクうううううう」

瑠衣は全身をガクッガクッと断続的に震わせ、女の極みにのぼりつめた。

その瞳はもう視線も定まらず、形のいいヒップがずっと小刻みに波を打っている。

美少女が牝となった瞬間はなんとも淫らだ。

「うう、瑠衣ちゃん、俺もイク」

瑠衣の媚肉はさらに締まりを増し、濡れた粘膜が強く圧迫してきた。

背後から彼女を強く抱きしめながら、智晶も限界に達し怒張を爆発させた。

「ああっ、お兄ちゃんの精子がきてる、ああっ、瑠衣の子宮が悦んでるよう」

エクスタシーの発作に悶えながら、瑠衣は智晶の精子にも歓喜している。

乳首が尖りきった巨乳がなんども弾み、開かれたまま両脚がビクビクと痙攣を起こしていた。

「ああ……お兄ちゃん……ああ……」

そして繰り返された絶頂がようやく収まると、瑠衣は恍惚とした顔で後ろの智晶にもたれかかってきた。

「私、エッチでイッたの初めてだよ。お兄ちゃんが女にしてくれたんだね」

汗まみれの顔で微笑んだ瑠衣は、少し照れたように言った。

なんとも満足げな顔をしていて、見ていると愛しさがこみ上げてきた。

「瑠衣ちゃん……」

ただ彼女にかけるうまい言葉が思いつかず、智晶はその小さな身体を強く抱き寄せ、唇を重ねて強く舌を吸うのみだった。

第五章　プール風呂の接触

「おはようございます」

土砂崩れで閉じ込められてから三日目の朝が来た。今日はなんとか寝坊せずに智晶は一階に降りてきた。

「おはようお兄ちゃん」

「えっ、なんなのその格好」

一階の広間で出迎えてくれたのは、昨夜、一緒に眠ったはずの瑠衣だった。

従業員である瑠衣は、智晶よりも早く起きて朝食の準備などを手伝っていたようだ。

ただ驚いたのはその格好で、下はいつものショートパンツだが上は昨日、入浴のときに身につけていたブルーのビキニだった。

「ああっ、これ？　暑いし。友梨香さんや倫子さんもお兄ちゃんの前でこの格好してたから私もって思ってさ」

昨日の淫靡な顔とは別人のような無邪気な笑顔で、瑠衣はやけにあっさりと言った。

「私もって、ええっ、ちょっと」

友梨香と倫子がブラジャー姿になったのは、互いに智晶と関係を持ったと主張しあったときだ。

それと同じ姿を瑠衣がするということは、私も智晶とセックスをしたとアピールしているのも同然だ。

「ふーん、瑠衣ちゃんともしちゃったんだ」

瑠衣に馬鹿な張り合いはやめろと言おうとしたとき、後ろから声がした。

振り返ると、ジーンズにシャツ姿の友梨香と倫子、そして今日もブラウスにスカートの咲良が立っていた。

「やっぱり若い子のほうがいいのかねえ」

倫子が怖い顔をして智晶の肩を摑んできた。

「いっ、痛いです、倫子さん」

両肩を強く握りつぶされ、智晶は激痛に声をあげる。前に同じことをされたときよりもさらに握力が増している気がした。

「なんかむかつくわね、瑠衣ちゃんのお父さんに電話して報告してやろうかしら」

眉間にシワを寄せた怖い顔で、友梨香が広間のコンセントに繋《つな》いで充電中の衛星携帯電話をちらりと見た。

太陽が昇っているこの時間帯にソーラーを利用して洗濯や充電も集中的に行っていて、皆の携帯電話などがずらりと並べられていた。

「そ、それだけは勘弁して、友梨香さん」

情けない声を出して智晶は友梨香に懇願した。あの鋭い瞳で猟銃を構えた父親を思い出しただけでもう生きた心地がしない。

「じゃあ今夜も頑張ってもらおうかしらね。道の工事ももう少し時間がかかるって言ってたし」

友梨香はさっき衛星携帯電話で役場に連絡を取り、土砂崩れの処理はあと少し待ってくれと返答されたと言った。

集落や役場の人々もここの民宿が自給自足出来る建物だというのは知っているから、どうしても他の箇所が優先になるそうだ。

「友梨香さん、まさか独り占めするつもりじゃないでしょうね」

そばで友梨香の夜に関する発言を聞いていた倫子が文句を言い出した。

「別に智晶くんは友梨香さんのものじゃないしね」

「あら、倫子さんのものでもないよね」

昨日は泥酔して仲良く並んで眠っていたくせに、二人の美熟女はまた眉を吊り上げて言い合いを始めた。

「えー、二人がするって決まってるんですか？」

そこに瑠衣が加わって天然な発言をし、友梨香と倫子の目つきがさらに悪くなった。

（はっ、咲良さん）

揉める女たちに気を取られていた智晶は、はっとなって咲良を見た。

瑠衣とまで関係を持っていて、いてこんな気持ちを持つのは都合がよすぎるようにも思うが、やはり智晶は咲良のことが気になってしまうのだ。

（うわあ……）

咲良はなんというか無表情で言い争う倫子と友梨香を見ている。なにを思っているのかわからないその瞳にはもう智晶は映っていないように思えた。

（そ、そりゃそうだよね）

もう自分のことを咲良がまともな人間だと思ってくれることはないのだと、智晶は一人落ち込むのだった。

「勝手にしたら許さないからね」

民宿でウナギを捌くという友梨香に、今日も取材のために下の川に釣りに行くという倫子がまた文句を言っている。

「昼間からそんなことするわけないでしょ。早く行ってきなさいよ、咲良ちゃんも待ちわびてるわよ」

要は自分が釣りに行っている間に智晶とセックスをするなと言う倫子に、友梨香が強気に言い返しているのだ。

この二人はほんとうに仲がいいんだか悪いんだかわからない。

「あ、これ軽食のおにぎりです。よかったら」

取材なので咲良もカメラを手に同行する。智晶は自ら握ったおにぎりと漬物を入れた容器を咲良に手渡した。

軽蔑されてると思いながらも、どこか咲良の気を引こうとしている自分が情けない。

「あ、ありがとうございます」

おにぎりを受け取った咲良は白い歯を見せてくれた。

（やっぱり……可愛い）

色白で頬も丸めの咲良は愛おしくなるような顔立ちをしている。

もういまさらだが、なにもなければ勇気を振り絞って告白していたかもしれない。

「川でいただきますね」

咲良は笑顔で礼を言いながらも、すぐに智晶から視線を外して倫子のところに行ってしまった。

閉じ込められた生活の中で、四人中三人の女と関係を持った男を警戒するのは当たり前だ。

(そもそも……彼氏がいるのかもしれないしな……)

東京に帰ればちゃんと好きな人がいるのだろう。智晶はそう思って咲良にこれ以上好意は持たないようにしようと思った。

だいたい自分にはそんな資格はないのだ。

「じゃあ行ってくるわね」

「ええ、行ってらっしゃい、まだ増水してるから気をつけてね」

智晶が顔をあげると、言葉は穏やかだがやけにとげのある感じで、友梨香と倫子が胸を突きあわせていた。

「ウナギを捌くのは久しぶりだから手伝ってもらおうかな」

ここも外観からは考えられないくらいに調理設備が充実したキッチンから、広間にいた智晶に声がかかった。

池の水につけてお腹の中のものを出させていたウナギもそろそろ食べ頃だ。

キッチンには魚を焼く用のロースターもあるし、七輪で炭火焼きにしても美味しい。

「はーい、うわっ、な、な、なにやってんですか？」

広間で瑠衣の掃除を手伝っていた智晶はキッチンに入るなり、友梨香の姿を見て飛び上がりそうになった。

彼女はこちらに背を向けていたのだが、白い背中や肉感的なヒップが完全に丸出しだった。

「え？　これがウナギを捌くときのスタイルなんだけど」

自分のどこがおかしいのかと言いたげな感じで、友梨香はこちらを振り返った。

最初は全裸かと思ったが、よく見ると彼女は白いフリルのついたエプロンだけを身につけている。

「な、なに言ってるんですか。だいたいウナギももう捌けてるし」

エプロンは胸のところまであるタイプだが、彼女のGカップはボリュームがありすぎるのか、たわわな横乳が布からはみだしている。

意味ありげな笑みを浮かべて近寄ってきた彼女の傍らには、すでに串も打たれたウナギの切り身があった。

「えー、でもこっちの大ウナギの調理がまだだしね。あっ、松茸だったかな」

夏の暑い盛りに松茸などあるはずがない。にじり寄ってきた友梨香の手が伸びてきたのは智晶の股間だった。

「な、なに考えてるんですか。倫子さんにも言われたでしょ」

エプロンの腰の部分からも肉感的なヒップの横側をちらちらと覗かせ、友梨香は切れ長の瞳を細めて智晶に寄り添ってくる。

文句を言ってはいるものの、初めて実際に見る裸エプロンから目を離せないのが情けない。

「あれは私がいないうちにしろって意味じゃないの」

「なんですか、その滅茶苦茶な解釈。あっ、だめですって、強く握らないで」

倫子は本気で言っていたように思うが、友梨香は勝手なことを言いながら、ズボン越しに智晶の肉棒を握り軽くしごいてきた。

甘い快感が股間に走り、つい力が抜けてしまう。

「ふふ、もう硬くなってるじゃん。男の人ってほんと裸エプロンとか好きよね」

いけないと思いつつも愚息は驚くくらいに素直に反応している。

友梨香はさらに力を入れて、あっという間に硬化した逸物を責めてきた。

「だっ、だめですって、瑠衣ちゃんもいるから、ううう」

快感に喘ぎながらも智晶は懸命に訴える。同じ一階の広間には瑠衣がいる。

その彼女とも昨日、肉の関係と結んだばかりだ。すぐそばで他の女とセックスをするなど最低の人間がすることだ。

「やっぱり男の人って、裸エプロン好きなんだねえ」

「うおっ」

悶絶しているときに後ろから声がして振り返ると、そこにはもう一人の裸エプロンの女がいた。

「る、瑠衣ちゃんまでなにしてんの？」

さっきまで服を着ていたはずなのに、瑠衣はいつも手伝いの際につけるエプロンだけの姿になっていた。

ひよこの柄が入った可愛らしいデザインのエプロンから、白い肩や瑞々しい太腿が露出していた。

「どう？　エッチかな、私」

とぼけた調子で瑠衣は笑ってくるりと回った。背後は当然ながらなにもなく、十九歳の白い背中と桃尻が丸出しだ。

とくにプリプリとしたヒップは昼間の明るい時間に見ると、肌にも艶があって張りがすごかった。

「そりゃエロいけど、いや、そうじゃなくて」

見とれてしまうくらいに眩しい後ろ姿に、智晶はつい口をすべらせてしまうのだ。

「大人の女と若い女の裸エプロン、どっちがお好みかな？」

智晶の肉棒から手を離さないまま友梨香が囁いてきた。彼女の切れ長の瞳は妖しく輝いていて、唇もしっとりと濡れていて色っぽい。

「いや、どっちとか、そんな俺は……」

どちらも甲乙つけがたいくらいにいやらしい。そばにいる友梨香の白いエプロンの生地からはみだして乳首が覗きそうになっている巨乳もたまらない。

選択をするなど出来るはずもなく智晶はごまかしながら、彼女たちの肢体に目が釘付けだ。

「両方ともなんて、欲張りだねえお兄ちゃんは」

智晶の右側から股間に手を伸ばしている友梨香とは反対の左側に立ち、瑠衣はその細指で玉袋を揉んできた。

「確かに欲張りよねえ、女二人にこんな格好させて同時に相手をしようっていうんだから」

友梨香も布越しに肉棒を握る手に力を込めて強くしごいてきた。

「はうっ、誰もそんなこと言ってない、くう、ううう」

美女二人に挟まれながら、肉棒と玉袋を同時に責められ智晶は反論の言葉も出てこない。

視線を動かせば、エプロンの胸元からはみだしているGカップとEカップがフルフルと揺れて誘惑してくるのだ。

「こうなったら相手しますよ二人とも。そのかわり徹底的にいきますからね」

エプロンがいやらしさをひきたてている女体。それも二人に左右から挟まれている。こんな状況で自分を抑えられる男が入るはずがない。なにかが弾けたように智晶は大声で言って友梨香の身体を押した。

「望むところよ、きゃっ、あん」

近くにある調理台に使うテーブルに友梨香を座らせる。そしてムチムチとした白い脚を持ちあげて開かせた。

「ああ……こんな格好」

足裏がテーブルの上に乗り、友梨香はM字開脚の体勢になった。

エプロンが股間を隠してはいるがなんともいやらしいポーズを取らされて彼女はむずがるが、とくに逃げようとはしない。

「すごくエッチな匂いがしてきますよ。この辺りから」

白のフリルがついたエプロンの前掛けの部分を捲ると、みっしりと黒い陰毛に覆われた股間が露わになる。

その下ですでに口を開き気味のピンクの秘裂から、むんとするような女の香りが漂《ただよ》っていた。

「ああん、だって、ああ、私、欲しくて……智晶くんのおチ×チン硬いし」

友梨香は一気にスイッチが入った感じで、切ない声をあげて肉感的な腰をくねらせている。

まだ身体に触れてもいないというのに、もう息が荒くなっていた。

「エロ過ぎですよ。昼間から」

半ば呆れ半分に言いながら、智晶は左手でエプロンを持ちあげ、空いている右手を友梨香のM字に開かれた両腿の内側に持っていき、指先で白い肌をなぞっていく。

「あっ、やん、ああああっ、智晶くんがこんないやらしい女にしているのよ」

ジャングルのようないやらしい黒毛のそばを指で焦らすように撫でてやると、友梨香はもうたまらないといった風に喘いだ。

さらに口を開いた媚肉は肉唇がヒクヒクとうごめき、膣口の奥のほうで愛液が糸を引いているのが見えた。

「友梨香さんがいやらしいのは元からでしょ」

自分から迫りまくってくるくせにそんな風に言う友梨香に文句を言いながら、智晶は軽くピンクの秘裂に指を触れさせた。

「あっ。はうっ、違うわ、ああああっ、あああああん」

もう両手も後ろのテーブルについた友梨香は、自ら持ちあげた腰をガクガクと上下に揺すっている。

まだ軽くクリトリスに触れただけなのに、ものすごい反応だ。

「もうこんなにドロドロにしてるくせに」

マゾッ気がある彼女を言葉で追いつめながら、智晶は指を二本にして膣口に押し込んだ。

さっきまで焦らしていた分、今度は一気に激しくピストンさせる。

「ああぁっ、だめえ、ああっ、あああああん」

もうかなり焦れていたはずの媚肉は、愛液にまみれた粘膜を智晶の指にねっとりと絡みつかせてくる。

緩急をつけた責めに見事に反応した熟した女体を、智晶は指で突き続けた。

「お兄ちゃんのこれが、私たちを狂わせているのかもね」

白い身体をのけぞらせて喘ぐ友梨香を責めることに集中しているうちに、もう一人の裸エプロンがテーブルの下に潜り込んでいた。

小柄な身体を器用に丸めた瑠衣は智晶のズボンとパンツを引き下ろしてきた。

「んんん、あふ……んく……」

そしてなんの躊躇もなく、ずっと収まりがついていない智晶の逸物を唇で包み込んできた。

男の性感帯が集中する亀頭部が、温かい口腔の粘膜に包み込まれた。

「そんな……俺のせいじゃ、くうう、ううう」

唾液に濡れた舌を亀頭の裏筋に絡みつかせる熱のこもったフェラチオを瑠衣は見せている。

下に目をやると可愛らしい美少女の小さな唇に、自分の怒張が突き刺さっていて、なんとも男の情欲をかきたてる。

そして同時に湧きあがる腰が震えるような快感に、智晶は誰のせいでこんな淫らな状況になっているかとかどうでもよくなってくるのだ。

「あああん、あああっ、智晶くん、ああっ、指止めちゃいやっ」

亜衣の唇の甘い感触につい身を任せていると、友梨香が不満そうに声をあげた。

M字開いた両脚をくねらせ、白いエプロンからはみだした乳房を揺らしている。

「は、はい」

指の腹を彼女の膣の天井部分に擦りながら、智晶はもう肘まで使って激しく熟した媚肉を責めていく。

「あああっ、はあああん、いやあああん、ああっ、すごい」

クチュクチュと男の太い指を飲み込んだ膣口から音があがる。そして下では瑠衣の唾液の音や荒い鼻息が聞こえてくる。

(結局エロいのは全員か……)

互いに相手のせいにしているが、この閉鎖された状態の中で牡と牝の本能が加速しているだけのような気がする。

テーブルの前に立つ自分の足元で夢中でフェラチオする美少女。その上でだらしなく両脚を開いて股間を指責めされながらよがり泣く美熟女。

普段とはあまりに落差のある二人の蕩けた瞳に、智晶も飲み込まれていくのだ。

「ああっ、智晶くん、もう欲しいわ、ああ」

その中でも一番本能が剥きだしになっている気がする友梨香がM字開脚の身体をテーブルの上で揺らして訴えてきた。

「んん……ぷはっ、お兄ちゃん私も……」

その声を聞いてテーブル下の瑠衣も肉棒を口から出して見あげてきた。

昨夜、あれだけ激しいエクスタシーにのぼりつめたというのに、長い間禁欲させられたような切ない顔をしている。

「わかった。友梨香さんはそのまま、瑠衣ちゃんはここに身体を乗せてお尻を突き出して」

物理的に二人同時に肉棒を挿入するのは無理なので、どちらかしか出来ない。

智晶の言葉に応じて、瑠衣は腰を九十度に折ってうつ伏せで上半身をテーブルに乗せ、剥きだしのお尻を晒した。

「瑠衣ちゃんももうドロドロじゃん」

両脚は真っ直ぐに伸びて床についている。その中心にある股間を覗き込むと、ビラが小さい秘裂から愛液が滴り落ちていた。

「だっ、お兄ちゃんのおチ×チンに触れてたら、ああ……昨日の気持ちいいの思い出すんだもん」

甘えきった声を出し、テーブルの天板に肘をついた身体を瑠衣はくねらせている。

昨日、初めて女のエクスタシーを極めたと言っていたから、それが蘇っているのだろうか。

「あああっ、智晶くん、あああっ、もう焦らさないで」

その隣で友梨香は脚をM字に開いたまま、身体を完全に横たえて泣きそうに訴えてきた。

こちらはエプロンが身体の前側を隠しているが、巨乳が少し脇に流れて、白い布の横から乳頭がはみだしていた。

「いくよ、二人とも」

美少女のフェラチオでヌラヌラと輝いている怒張は友梨香の膣口に、張りの強い桃尻をこちらに向けている瑠衣には指を二本、同時に挿入した。

「あああっ、はああん、大きい、あああっ、ああ」

「あっ、お兄ちゃん、あああん、いいっ」

天板の上で友梨香は肉感的なボディを震わせ。亜衣はうつ伏せの身体を大きくのけぞらせる。

一般家庭よりもかなり広いキッチンに女二人の艶のある声が響いた。

「まだまだこれからですよ」

もうすでにかなり切羽詰まっている感じのする二人に、智晶は肉棒を打ち込み、指もピストンする。

とくに友梨香の蜜壺の中を激しく怒張でかき回した。

「あああっ、すごい、ああああん、私、狂っちゃうよう」

智晶の腰が高速で前後し、血管が浮かんだ肉竿がピンクの膣口を出入りする。

亀頭が濡れそぼった奥に食い込むたび、仰向けの友梨香の上で巨乳が弾け、エプロンの横からほぼすべてがはみだしていた。

「狂いたかったんでしょう友梨香さん」

大きく唇を割り開き、ぷっくりと乳輪部が膨らんだ淫靡な乳首を踊らせる美熟女に、智晶はこれでもかと怒張を突きたてた。

一方で瑠衣の媚肉に入れた指も少しざらついた感じのする膣壁に擦りつける。

「あっ、あああっ、お兄ちゃん、私、ああっ、すごく敏感になってる」

指が動くたびに、硬さの残る秘裂からクチュクチュと粘着音があがり、床に立つ若鮎のような瑞々しい両脚が震えている。

昨日、初めて女の極みに達して感度があがっているのか、立ちバックの体勢でテーブルに乗せられた瑠衣のエプロンのみの身体はすごい反応を示していた。

「どこがそんなに気持ちいいのか教えてください」

もう二人ともどうしようもないくらいに肉体が燃えているのは見ただけでわかる。

智晶はさらにそこから彼女たちの心も追い込もうとする。

どうしてかはわからないが、この歳の差がある二人の美女をとことんまで狂わせてみたくなった。

「あああん、そんなの恥ずかしいよう、ああっ」

先に声をあげたのは瑠衣のほうだ。さすがに恥じらいが強いのか。

「私も、あああん、言えないわ、あああっ、意地悪、智晶くん」

仰向けの友梨香もエプロンの横から巨乳をはみださせながら、切ない声で言った。

ただこちらはもっといじめて欲しいと、瞳が訴えているように見える。

「じゃあ、するのやめようかな」

智晶はそんな二人の中に入れている指と肉棒を止めて、後ろに引いていく。

「あああっ、待って抜いちゃいや、あああん、オマ×コよ。友梨香、オマ×コが気持ちよくてたまらないの」

肉棒が膣口から抜け落ちる寸前までできた友梨香は焦った顔で淫語を叫んだ。

「お兄ちゃん、ああ、抜かないで、ああっ、瑠衣のオマ×コ、もっと気持ちよくして、あああああん」

ほとんど同時に瑠衣のほうも立ちバックの体勢で突き出された桃尻を上下に揺らして責めを乞うてきた。

愛しさしか感じない瞳の大きな美少女が、淫らな顔で女性器の言葉を口にしているのが欲望をそそる。

「それでいいんですよ」

頷いた智晶はそのまま肉棒と指を大きく突き出した。

「あああっ、はああん、おチ×チンきた、ああん」

「ひうっ、瑠衣、オマ×コいい、あああっ、はあああん」

二人は同時に外まで聞こえるかと思うような嬌声をあげ、裸にエプロンだけの身体をくねらせた。

もうかなり感極まっている感じで、智晶も一気に追い込みに入る。

「あっ、あああっ、智晶くん、あああぁ、いい、気持ちいい」

白のエプロンからはみだしたGカップを激しく波打たせながら、友梨香は膣奥へのピストンに溺れている。

切れ長の瞳は宙を彷徨い、だらしなく開かれたムチムチの太腿をずっと小刻みに震わせて喘ぎ狂っていた。

「ああん、お兄ちゃん、私、ああっ、もうだめ、イッちゃう、あああ」

瑠衣はテーブルの天板に爪を立てながら、真っ白な背中をのけぞらせている。

床についた両脚が内股気味になんどもくねり、媚肉が強く智晶の指を食い締めた。

「どうせなら、二人一緒にイキましょう、おおおお」

年齢も顔つきも違うが、いずれ劣らぬ美女二人が自分の思うさまに喘いで絶頂にのぼりつめようとしている。

男の満足感が満たされる思いに，
さらに興奮を深めながら、智晶は激しく指と怒張をピストンした。

「ああ、イッちゃう、友梨香、あああぁん、イクうううう」

白エプロンの身体をテーブルの上で蛇のようにくねらせながら、友梨香は雄叫びをあげた。

「私も、ああああん、イク、ああぁっ、イク」

小柄な白い身体を激しく震わせて、瑠衣もエクスタシーを極める。男の太い指を二本も飲み込んだ媚肉が強く収縮し、膣口から愛液が飛び散った。

「あああああん、あああん、いい、あああっ、イッてる、あああ」

「ああっ、瑠衣、あああん、気持ちいいよう、ああっ」

二人ともに絶頂の発作に瞳を蕩けさせ、淫らなハーモニーをキッチンに響かせる。

瑠衣の背中と友梨香の乳房。白肌がもう真っ赤に上気して汗が流れ落ちていた。

「ううっ、俺もイク、くううう」

目の前でくねる淫女二人に智晶も淫情の極みに達し、怒張を爆発させた。

友梨香のドロドロに溶けた膣奥に亀頭を押し込み、精液を打ち放つ。

「ああっ、すごい、熱い、あああっ、智晶くんの精子来てる、あああ」

友梨香は膣奥を満たしていく精液にも歓喜しながら、唇をこれでもかと割り開いて喘ぎ続ける。

「あああん、私もお兄ちゃんの精子欲しかったのにぃ、あああん、ああ」

女の悦びに浸りきっている美熟女に嫉妬しながら、瑠衣はさらに智晶の指を締めつけてきた。

「ううっ、あとで瑠衣ちゃんにも、くう、うううう」

美少女の膣肉の締めつけを指で感じると、そこに肉棒を入れたいという欲望に囚われる。

射精している最中だというのに、もう次の女を犯すことを考えている自分に驚きながら、智晶は怒張を強く美熟女の膣奥に突きたてるのだった。

「参ったな、倫子さん、怖すぎだよ……」

結局、あのあと瑠衣と二回戦をしてしまい、大慌てで夕食の仕込みなどをしていると、倫子と咲良が帰ってきた。

恐ろしいのは倫子は友梨香と瑠衣の顔を見るなり、性行為があったと気がついたことだ。なんとも言えないような無表情な顔になった倫子は、瑠衣を引っ張ってしばらく姿を消した。

そして戻ってくるなり、

「今夜は私のためだけに張り切ってもらうからね。拒否権はないから」

と智晶の肩を叩いて小声で呟いてきた。

そのときの彼女の二重の瞳は殺し屋のようで、もちろんだが拒否するどころか、躊躇うことも出来ずに智晶は頷いたのだ。

「まあ、ほんとうならあんな美人とするだけでも大喜びなんだろうけどな」

倫子のような美しい女性に迫られて逃げるなどという選択肢は、真面目なタイプの智晶でも考えないだろう。

ただ、さすがにこう毎日ではきつい。もう玉もカラカラになっている気がした。

「ウナギも半分は俺が食えとか言うし」

大ウナギは蒲焼きになったのだが、女たちで半分をさらに四分割し、残りは全部智晶に食べろと言ってきた。高級品の天然ウナギを智晶だけたくさん与えられる理由は、今後に向けて精をつけろという要求に他ならない。

「もう咲良さんには完全に性獣だと思われてるんだろうな」

今日、おにぎりを手渡したときはいい笑顔を見せてくれたが、きっと彼女は智晶のことをどうしようもないくらい女にだらしない男だと思っているだろう。

自分の行いを考えたらそれは仕方がないのだが、咲良と普通に出会えていたらと智晶は思うのだ。

「うわっ、染みる」

智晶はいま風呂を沸かすためにビニールプールをセットし、かまどに載せたドラム缶で湯を温めている。

夏の夕方の風が巻いて煙が目に入って涙がこぼれる。なんだか智晶はばちがあたったような気がした。

「大丈夫ですか？　智晶さん」

喉にも煙が入ってしまい。かまどの前で咳き込んでいると、後ろから咲良の声が聞こえてきた。

「平気です。ちょっと煙が、げほっ、うわっ」

大丈夫だと言いつつも咳き込みながら後ろを振り返った智晶は、咲良の姿を見るなり、かまどの前に尻もちをついてしまった。

腰が抜けるほど驚いた理由は咲良がバスタオル一枚の姿でそこに立っていたからだ。

「私が最初にお風呂いただくことになったんですけど。だめですか」

黒髪を揺らし、白のバスタオルを巻いた身体を屈めて咲良は智晶を覗き込んできた。

真っ白な太腿がほとんど全部露出し、バスタオルの上から、静脈が浮かんだ上乳が大きく形を変えてはみだしている。

それを近距離で見あげる形となり、智晶は下半身に一気に血液が集まっていくのを感じていた。

「あ、はい、あの、じゃあ火の番は友梨香さんか瑠衣ちゃんに交代してもらいます」

智晶はドギマギしながら、庭の土を払いつつ立ちあがった。

「あの私はかまいません、というか智晶さんがお湯の番をしてくれたら嬉しいです」

少し頬をピンクに染めた咲良ははにかんだ笑顔でそう言って、プールのほうに入っていった。

智晶はその後ろ姿を、目を丸くして見つめた。てっきり咲良から軽蔑されて避けられていると思っていたが、そうでもないいんだろうか。

（いやいや、調子に乗るな……）

智晶は頭を振って、湧きあがる期待を散らすと、一心に薪《まき》を焚《く》べはじめた。


「温かくて気持ちいい……。ありがとうございます」

夕方になって少し陰ってきた陽の光に照らされた、湯気がきらめく子供用のプールに、咲良はバスタオルの身体を沈めて声をあげた。

「お湯が足りなかったら好きなだけ出してくださいね」

無邪気な笑顔の彼女を見ていると智晶も少し嬉しくなってくる。かまどの前に座ると衝立でプールの側は隠れるので、覗いてしまう心配もない。

「はい、ありがとうございます。こんな状況でもお風呂に入れるのは智晶さんのおかげです。皆さんすごい人ばかりで……私だけ役立たずで申しわけないです」

セックスのことばかり考えているようでも、毎日大量の魚を釣り上げてくる倫子や、山菜やキノコを獲ってきて食材としてしまう友梨香や瑠衣、それに比べて自分はと咲良は言いたいのだろう。

「そんなの気にしなくていいですよ」

薪をくべながら智晶は少し笑った。なにも咲良が別に気を病む必要などないのだ。

(でもどうして俺にお湯の番をして欲しかったんだろ)

パチパチと音を立てて燃える薪を見つめながら智晶はそんなことを考えていた。

裸を見られる可能性もあるというのに、どうしてと思うのだ。

(まさか見られてもいいなんて……いやいや、それは……)

真面目なタイプの咲良が立て続けに三人の女と関係を持った智晶にいい印象を持っているはずがない。

(まあ男として見てないから、多少の裸くらいはというパターンもあるのかな)

こんな状況だから、もう家族のように思われているだけだろうと、智晶は諦めの気持ちになった。

「きゃっ、虫、いやっ」

ため息を吐いていると、衝立の向こうから咲良の悲鳴がした。

「いやっ、来ないで、智晶さん、助けて」

虫嫌いの咲良は声を震わせて助けを求めている。衝立の向こうに行くのはまずいとは思うが非常事態だから仕方がない。

「大丈夫ですか？」

衝立の向こうに行くとまだバスタオルを巻いたままの身体の咲良が、プールの隅にへたり込んでいた。

彼女が見ている方向を見るとバッタが一匹止まっていて、空気で膨らんでいるプールの縁《ふち》をぴょんと跳ねた。

「いやあああ」

それによって咲良とバッタの距離が若干縮まり、彼女は悲鳴をあげてプールの横に立つ智晶の腕にしがみついてきた。

とはいってもバッタとの間隔は一メートル以上はあるのだが。

「うっ」

泣き顔の咲良の濡れた肌をTシャツから伸びた腕に感じた智晶は、バッタを摘まむどころではない。

慌てて立ちあがった本人は気がついていないが、白く巨大な乳房の片方がバスタオルの上から飛び出している。透き通るような肌の柔らかそうな白乳とピンク色の乳頭部。巨乳なゆえの少し広めな乳輪がなんとも淫靡に見え、智晶は動けなかった。

「ああ、こっち見ないで、いやっ」

彼女の悲鳴がさら大きくなり、智晶はようやく我に返ってバッタを捕りにいこうとする。

「もう大丈夫ですよ、多分戻ってこないですから」

咲良に腕を摑まれたままというか、彼女と離れたくなかったので、智晶は精一杯に反対側の腕を伸ばしてバッタを摑み草むらのほうに投げた。

バッタは見事に葉の上に着地し、どこかに消えていった。

「すいません、あの脚が怖くて」

生理的にだめなのだろか、咲良はバッタがいなくなったと知っても智晶の腕から離れようとしなかった。

「あっ、あの咲良さん、その……胸が」

彼女がしがみつく腕にさらに力を込めているからか、バスタオルが大きくずれて、もう乳房が二つとも露出している。

ずっと見ていたい気持ちがあるが、さすがに困って智晶は呟いた。

「ごめんさない、私の胸なんか見たくないですよね。倫子さんみたいにスタイルがいいわけじゃないし」

恥ずかしがりながら咲良はみぞおちのところにまで落ちていたバスタオルをたくしあげた。

美しくそして豊満な乳房が隠れてしまって残念だが、ただそれ以上に咲良のセリフが気にかかった。

（私なんかの胸って……言ったよな……見たくないですよねって）

ただ恥じらっているだけならわざわざ倫子と比べることなどいう必要はない。

ならばなぜそんなことを言うのか、智晶は全身の血が逆流していく感覚に囚われた。

（比べてしまう理由は……）

倫子と友梨香だけでなく、瑠衣もそうだったが女たちはどこか張り合っているように感じる。

もちろん咲良が参加する理由など思いあたらないのだが、彼女はいまも強く智晶の腕にしがみついたままだ。

（お……俺のことを少しは……）

男として意識してくれているのか。そう思うと智晶は恥ずかしげに視線を背けたままの咲良のことを抱きしめたくてたまらない。

「そ、そんなことないですよ。咲良さんもすごく綺麗です、僕は好きですよ」

ただいきなり彼女の背中に腕を回すのは気が引けて、智晶はそう答えた。ただ甲高い出したこともないような声になっていた。

「私……デブだからウエストとかも締まりがないし」

「い、いや、すごくいいですって、エッチで眩しい身体です。す、すいません、なにを言ってるんだ俺は」

興奮のあまりつい本音が漏れてしまって、智晶は焦りまくる。ただそのくらい咲良の全体的にムチムチとした肉体にはそそられる。濡れたバスタオルがはりついた状態の豊満な乳房やヒップ、そして剥きだしの真っ白な太腿。

それらが子供用プールの低い縁を挟んですぐそばにあるのだ、男なら誰でもおかしくなると智晶は思った。

「ありがとうございます……サイズはIあるんですけど……形に自信がなくて……倫子さんと一緒にお風呂に行ったりすると」

東京でスーパー銭湯に誘われて同行した際に、倫子のHカップの美しさに驚いて悲しくなったと言いながら、咲良はバスタオルに手をかけた。

「でも智晶さんが綺麗だって言ってくれて、すごく嬉しい」

そしてはにかんだ笑みを浮かべながら、バスタオルをプールの中に落としていった。

「どうですか？　私の裸」

智晶の腕から離れた咲良はなにかを決心したような顔で、一糸まとわぬグラマラスな肉体をこちらに向けている。

たわわで巨大なバスト、本人は気にしているがけっこうくびれているウエスト、そこから急激に弧を描いて盛りあがる腰回り。

「すごく綺麗です、そしてエッチです」

静脈が透けるくらいの白い肌は湯の水滴にキラキラと輝いていて、智晶はもう気の利いたセリフが出てこないくらい見とれていた。

「ありがとう……智晶さん」

丸みのある頬を朱に染めて咲良は伏し目がちになる。まつげが長い大きな瞳がちょっと潤んでいるように見えた。

「咲良さんっ」

澄みきった黒い瞳に吸い寄せられるように、智晶は我慢出来ずに彼女を抱き寄せる。

Ｉカップだと言っていた巨乳が智晶の胸で押しつぶされ、Ｔシャツがかなり濡れるがかまわずに唇を寄せていく。

「智晶さん……ん……」

咲良もこちらに顔を向けて、二人の唇が重なり温もりが伝わってきた。

「んんん……んく……んんんん」

そのまま舌を差し入れると咲良も身を任せ、午後の陽射しの中で二人はしっかりと抱き合って唇を吸いあった。

「あのーお取り込み中すまんが、うちの娘はどこかな」

彼女の身体の柔らかさに溺れそうになりながら、ぬめった舌を貪っているまさにそのとき、向こうから男の声がした。

「えっ、きゃあああああ」

彼女の背後、数メートルほどのところに、大柄な男性が立っていた。

咲良は驚いて悲鳴をあげると、背中を丸めてうずくまってしまう。

「瑠衣ちゃんのお父さんっ」

ずいぶんと久しぶりに会うが、鬼瓦のようないかつい顔は忘れない。農家兼猟師である瑠衣の父親だ。

「予定よりちょっと早く道が通ったから瑠衣を迎えに来たんだよ。中かな」

「あ、はい、いると思います」

ちょっと申しわけなさそうにしながら、父親は民宿の建物の中に入っていった。

「あーん、お尻見られちゃったあ」

プールにうずくまったまま、咲良は半泣きで声をあげていた。

第六章　一年後の交わり

瑠衣の父親が現れたあとは、もうバタバタだった。

倫子が戻れるならと言ったので友梨香が車で咲良と一緒に駅まで送り、智晶は集落の人たちとともに電柱の応急工事をして民宿に電気と電話を通した。

そんな状態だったので咲良とはプールでキスしたきりになってしまった。

「せめて連絡先くらい聞いておくべきだった……」

あれから一年が経ち、また次の夏がやってきた。今年も照りつける太陽の光が眩しく街はうだるように暑い。

朝と夜は過ごしやすかった民宿での女四人との生活を思い出しながら、智晶は咲良の連絡先をなにも聞かなかったことを後悔するのだ。

「だめだな……俺は……」

倫子の連絡先は聞いているというか、無理矢理交換させられたので彼女を経由したら咲良に連絡することも可能だろう。

ただ東京との距離と、もともとの奥手な性格が災いして悶々としているうちに一年が経ってしまった。

「いまさらだしな……」

もちろんだが智晶はいまでも咲良が好きだ。あれから友梨香とも関係は持っていないし、東京に住んでいる倫子や瑠衣とは当たり前だがない。

今年は例年通りの五日間程度の夏休みがあるが、智晶はどこにも行く気が起きず、初日からゴロゴロとして過ごしていた。

「ん？」

そばに置いていたスマホに着信があって顔をあげると、友梨香からメールが届いていた。

「ちょっと急ぎの用事があるから、すぐに来て」

メール自体が来るのもずいぶん久しぶりな気がするが、素っ気ない文面だ。

「どこか故障かな」

友梨香の弟でもある先輩が五月の連休のときに遊びにきて、民宿の設備の補修や整備をしていったと聞いていたが、どこかに不具合が出たのかもしれない。

「まったく、こっちで必要な部品とか買わないかもいけない、としれないのに」

友梨香にどこが故障したのかメールをしても返事がないし、電話にも出ない。

まあ民宿の倉庫には大抵の部品や工具は揃っているから、なんとかならないことはないのだが。

「今夜はいい天気そうだな」

去年は大雨が降って大変な目にもあったが、楽しい思い出のほうが多い。

まあ今年はさすがにあんなトラブルはないだろうと、智晶は瑠衣の実家のある集落を抜け、未舗装の山道を民宿に向かい車を走らせた。


「あっ、来た来た」

民宿の駐車スペースに車を停めると、出迎えてくれたのはなんと倫子だった。

まる一年ぶりだが、同じように釣り用のパンツにシャツなので、ついこの間会ったばかりのような不思議な感覚に囚われる。

「ご無沙汰してます。取材ですか」

ただ久しぶりには変わりなく、やはり嬉しい気持ちになる。

一年経っても彼女は美しく、大きな瞳のハーフぽい顔立ちに抜群のスタイルも変わらなかった。

「少しは成長してるかと思ったら、相変わらずうだつがあがらない感じね」

毒舌も前と同じで早速智晶を指差して笑っている。

「僕はただの技術屋ですからそんな変わりませんよ。倫子さんはご活躍で」

倫子は最近、ネット動画に活躍の場を拡げ美人釣り師としてさらに人気を得ていた。

「私もいるよー、お兄ちゃん久しぶり」

「うおっ」

後ろからいきなり腰に抱きつかれて智晶は前につんのめりそうになった。

振り返るとTシャツにパンツ姿のラフな格好をした瑠衣だった。

「おお、久しぶり。ちょっと大人っぽくなったな」

ショートだった黒髪が伸びてセミロングくらいになった瑠衣は、さらに垢抜けたように見えた。

Tシャツの下の胸が少し大きさを増しているように見えたのは、智晶にスケベ心があるからかもしれない。

「へへ、都会の女になったでしょ。もう二十歳だしね」

ただ無邪気な笑顔は変わらず、小柄な身体と相まって愛おしい美少女だ。

「うふふ、別に用事はないんだけどね。このメンバーが集まって智晶くんがいないのはおかしいでしょ」

建物の中から友梨香が出てきて笑っている。どうやら倫子が来ているのを隠すために、智晶の電話にも出なかったようだ。

「ほら、いつまで恥ずかしがってるのよ。出てきなさい」

民宿の入口に立つ友梨香が誰かの腕を引っ張って、こちらに引きずってきた。

開いた引き戸の中から、もう一人の女性が姿を見せた。

「お、お久しぶりです……智晶さん」

「咲良さん……」

中から現れたのは顔を真っ赤にした咲良だった。去年のスカートにブラウスの姿とは違い、シャツにデニムパンツのアウトドアな服装をしている。

瞳は大きく頬が色白で可愛い顔立ちなのは変わらないが、長かった髪がセミロング程度になり、少し逞しくなっている気がした。

「うふふ、釣り雑誌の記者もいたについてきた感じでしょ。でも虫から逃げ回ってるのは同じだけどね」

咲良の変化に驚いている智晶の気持ちを察したように倫子が言った。

一年間、倫子の取材に同行して経験を積んだから雰囲気が変わっていたのだ。

「もう、そんな余計なこと言わないでくださいよ、倫子さん」

倫子との関係も前はぎこちなかったが、いまはずいぶん仲良くなっている感じだ。

ただ顔を真っ赤にして恥じらう表情は以前とまったく同じで、智晶は口を半開きにしたまま呆けたように見つめるばかりだ。

「でもあんたなんで出てくるのいやだったの？　一年ぶりに智晶くんに会えるのに」

倫子の言葉を聞いて智晶はドキリとした。去年、全裸の彼女とキスしていたところに瑠衣の父親がやってきたあと、慌ててバスタオルを身体に巻いた彼女が建物の中に入っていって以来だからだ。

（確かにちょっと気まずい……）

咲良と向かい合うのはキスのとき以来なので、智晶も正直まともに彼女の目を見つめられずにいた。

「それがね、今日のデニムのお尻がパンパンだから恥ずかしいんだって」

会えない間に咲良にも恋人が出来たかもしれない、とネガティブなことを考えそうになったとき、友梨香が彼女の肩を持って半回転させて背中をこちらに向けさせた。

「きゃ、いや、なにするんですか」

顔をもう真っ赤にしている咲良のデニムパンツのお尻は確かにムチムチとしていて、厚手の生地なのに動いたら引き裂けそうなくらいに張りつめていた。

ただ丸みがかなり強く、お尻全体がキュッとあがっていて、なんとも色っぽく男を誘惑するような巨尻だ。

「一年間私と山に行ったり船に乗ったりだっからね。逞しくもなるよ。あとお魚美味しいってよく食べてたしね」

「言わないでください、前よりデブになったなんて……」

「誰もデブなんて一言も言ってないじゃん」

自ら墓穴を掘る咲良の発言に倫子がツッコミを入れて、全員がどっと笑った。

(可愛い……ほんとに……)

両腕を振って泣きそうな顔になっている咲良を見つめながら、智晶はあらためて自分の気持ちを自覚するのだった。

「彼氏はいないって言ってたけど」

一年経っても咲良に恋人は登場していないらしい。けっこう誘われたりは多いらしいがなぜかずっと断っていると、倫子がこっそりと教えてくれた。

わざわざ智晶に報告してくる倫子の意図はわからないが、悶々としているのがバレバレだったのかもしれない。

「でもいきなり僕と付き合ってくださいとか……なあ」

友梨香や倫子、そして瑠衣とまで流されるままにセックスをし、それを咲良にも知られている。

そんな自分がどんな顔で告白すればいいのかと、泊まることになった智晶は民宿の二階の部屋で寝転がって思い悩んでいた。

「大変です、智晶さん来てください」

じっと天井を見つめてそんなことを考えていたとき、当の本人である咲良が二階に駆け上がってきた。

「どうしたんですか？　虫が出たんですか」

防虫対策がしてあると言っても、去年のムカデの件同様に完璧ではない。

一階に虫でも出てパニックになっているのかと、智晶は廊下に飛び出した。

「ち、違うんですけど。広間に手紙が」

「手紙？」

咲良と一緒に一階に降りて広間にテーブルを見ると、ラップがかけられた料理と共に一枚の白い紙が置かれてメッセージが書かれていた。

『いまから三人で瑠衣ちゃんの家の宴会に参加してきまーす。明日まで帰ってこないので晩ご飯は二人で食べてね、よろしく。夜はお好きに』

友梨香の字でやけに軽い調子の言葉が綴《つづ》られていた。

「はあああ？」

なんのつもりか三人で出かけてしまったようだ。サッシを開いて駐車スペースを見ると友梨香の車はすでになかった。

「あと……私宛にこれが」

顔を赤くした咲良がおずおずと封筒を取り出した。その中には錠剤がいくつか入っている。

封筒を見ると、あとから飲んでも効果のある避妊薬、と書かれていた。

「ええ、そんな」

ここまで来ればさすがに鈍い智晶でも、友梨香たちの意図は理解していた。

一晩、咲良と二人きりにさせてやろうというのだ。

「す、すいません、咲良さん、こんな勝手な……」

智晶にとっては嬉しい配慮かもしれないが、咲良がどう思うかだ。

あのときは閉じ込められた生活で皆少し精神的にも正常ではなかったかもしれない。東京に戻ったあと冷静になった咲良が三人の女としたおした智晶を軽蔑していてもなんの不思議もないのだ。

「い、いえ、別に私は……はい……いやとかそんなのは」

本人が気にしていたピチピチのデニム生地が張りつめた下半身をモジモジさせ、咲良はただ恥じらっている。

時々、こちらを見る大きな瞳が少し潤んでいて、なんとも色っぽい。

「あ……あの咲良さん……僕……一年間、ずっと……」

ピンク色に染まった丸い頬が彼女の気持ちを伝えてくる。こういう場合男のほうがしっかりとしなければならないのに、智晶はまただめなところが出てしまうのだ。

「わ、私も……倫子さんに連絡先を教えてもらってたのに、いざしようと思うと、あ……なにも出来なくて」

可愛らしい唇を少し震わせながら、咲良は訴えてきた。

広間の畳の上で向かい合う智晶を見つめながら、緊張気味に手を握ってきた。

「さ、咲良さん、僕もう」

汗ばんだ彼女の指から心臓の鼓動が伝わってくるようだ。

一気に思いが昂ぶった智晶はシャツ姿の咲良の上半身を強く抱き寄せてキスした。

「んんんん……んく……んんんんん」

一年間、積もりに積もった思いをぶつけるように智晶は咲良の柔らかい唇を吸い、舌を絡ませていく。

咲良のほうも瞳を閉じたまま、智晶の腕を強く握ってそれに応えてくれた。

「んん、んく……んん……ぷはっ、咲良さん」

激しく唾液を絡ませたあと、智晶は興奮に震える指で彼女のシャツのボタンを外していく。

胸元が開いて白のブラジャーとカップに収まりきらないたわわな上乳が露わになる。

「あっ、智晶さん、ここで、あっ、だめっ、私まだお風呂も、汗かいたから」

続けてデニムのパンツを引き下ろし、たっぷりと肉が乗った腰にレースのパンティが食い込んだ下半身を露出する。

咲良は激しく抵抗しているわけではないが、皆が集まって食事をする広間で裸にされることに抵抗を覚えている様子だ。

「すいません、もう片時も我慢が出来ません」

彼女の純粋さを表すような純白のブラジャーとパンティだけになった身体を、智晶は強引に畳の上に押し倒した。

時間が空いていたせいか、もう一瞬でも彼女の肌に触れていないのは耐えられない。

「ああ、智晶さん、私も」

真っ赤な顔でそう答えた咲良はもう抵抗をやめて、畳に仰向けになる。

その前にブラジャーのホックを外していた智晶は、一気に引き抜いてIカップのバストを露出した。

「すごく綺麗なおっぱいです。触りたかった」

畳に横たわる透き通った肌の肉感的な上半身の上で、小山のように盛りあがった巨乳がブルンと弾む。

庭の臨時風呂で見たときは、触れることが出来なかった柔乳に指を食い込ませ、ピンクの乳頭部にしゃぶりついた。

「あっ、智晶さん、ああっ、そんな風に、あっ、あああん」

もう完全に性欲が暴走している智晶は、夢中で巨乳を揉みしだき乳首を舌先で転がしていく。

ただ頭の一部は妙に冷静で、視線はしっかりと彼女の顔に向けられていた。

「ああっ、おっぱい、ああっ、だめっ、あっ、やあああん、あああああ」

咲良は恥ずかしがりながらも敏感に反応し、パンティ一枚になったグラマラスな身体をくねらせて喘ぎ続けている。

初めて見る目を蕩けさせ唇を半開きにした表情がまた智晶の心をかきたてるのだ。

（もっと咲良さんをエロく……）

Ｉカップの白乳を痛がらせないように優しく揉み、逆に乳首は強めに舌で責める。

「ああああん、智晶さん、あああん、そこだめっ、あああ」

それを両乳房に繰り返すと、咲良はあっという間に肌を赤く上気させていく。

智晶は彼女の呼吸が荒くなる様子を見つめながら、乳首を音がするほど強く吸い、もう片方は指で引っ張りあげた。

「あああっ、ひあああああん、あああっ、だめえ、あああ」

少し強過ぎるかとも思ったが咲良は見事に反応し、背中を大きく弓なりにして喘いでいる。

ずっと恋い焦がれていた彼女が自分の指や舌でよがり狂っているのが、智晶は嬉しくてたまらない。

「咲良さん、もう全部見せてもらいますよ」

乳房で感じさせたあとは下半身もと智晶は咲良の身体を強引に裏返しにする。

純白のパンティが食い込んでいる豊満なヒップと、生地に負けないくらいに真っ白な背中が上を向いた。

「あっ、智晶さん、お尻見ちゃいや」

そして彼女の腰を引き寄せて四つん這いの体勢を強引にとらせると、耳まで真っ赤にして振り返った。

ただ乳房への愛撫で力が抜けているのか、嫌がって腰をくねらせる動きがかえってセクシーになっている。

「どうしてですか?」

「だっ、だって去年よりお尻が大きくなりすぎてて、ああっ、そんなに顔を近づけたらいやです」

倫子の話によると釣り雑誌の記者になってから、歩き回ることも多いし、船釣りの際は揺れる甲板の上でバランスを取らないとならないから自然と下半身が鍛えられるらしい。

もともと大きなお尻の脂肪の下で筋肉が肥大したから、まさに巨尻となっていた。

「とっても綺麗でエッチなお尻ですよ。見ないなんて無理です」

恥じらう彼女があまりに可愛くてちょっといじめてみたくなる。智晶はパンティを少しだけ下にずらして桃尻の上半分を露出させた。

（なんてエロいお尻なんだ……）

ずり落ちたパンティがなんとか股間を隠している状態で、斜め上に向かって突きあげられた桃尻は、白い肌が艶やかで丸くてプリプリとしている。

鍛えられたからか、巨大なのにたるんだ感じはまったくなく、もぎたての果実を見ているようだった。

「ああ……お願い……恥ずかしいの……」

もう敬語を使うのも忘れて咲良はずっと四つん這いの身体をくねらせている。

ただ逃げようとしないのは彼女なりに、智晶のことを思って頑張っているのか。

「もう離さないよ。このお尻」

智晶ももう敬語はやめて目の前の尻たぶをしっかりと掴み、透き通った白肌に唇を重ねる。

そして軽く歯を立てながら尻肉を甘噛みした。

「あっ、智晶さん、ああ、お口でなんか、ああっ、だめっ」

羞恥《しゅうち》の源である巨尻を噛まれて、咲良の腰のよじれが大きくなった。

ただ彼女を恥ずかしがらせているだけではいけないと、智晶はずれたパンティの上から咲良の女の部分を指でなぞっていく。

「ああん、智晶さん、あああっ、そこは、あっ、あああああ」

パンティの薄布越しにクリトリスを割り出して軽く押してみると、咲良の声が一気に艶めかしいものに変わった。

畳についている膝がここもムッチリとした太腿と共によじれている。

「あ、だめっ、あっ、ああっ、あああああん」

さらにパンティを引き下げて、直接肉芽を弄ぶと咲良はセミロングになった黒髪が弾むほど頭を揺らして喘ぎまくっている。

尻を甘噛みしていた智晶だが、喘ぐ顔を見たくて彼女の身体をまた回転させる。

「あ、いやあん」

上半身の上で巨大な乳房がブルンと弾み、咲良は再び仰向けになった。

智晶はそんな彼女の白い脚を勢いよく開いて顔をそこに埋めていく。

「あっ、そんなところ、ああっ、だめ、あああ、私、ああっ、変な声が止まらない」

目の前にピンク色をした花弁が小さな秘裂がある。去年よりも少し濃くなった気がする陰毛との境目に、可愛らしい突起があり智晶はそれを懸命に舌で転がす。

甲高い咲良の喘ぎがいっそう激しくなり、もう両腿からも力が抜けてだらしなく開いたままだ。

(咲良さんのアソコ……すごく動いてる)

クリトリスを刺激すると膣口がヒクヒクとうごめいている。中には肉厚の媚肉が見え、粘っこい粘液が糸を引いていた。

「さ、咲良さん、もういい？」

彼女の美しい色の媚肉から、漂う淫靡な匂いにさらに興奮し智晶は身体を起こした。

仰向けで寝ていてもあまり脇に流れずに大きく盛りあがるIカップの柔乳や、すっかり勃起している先端部を見ていると、初体験のときのように緊張してしまい、声をうわずらせながらいちいち彼女に確認してしまう。

「う……うん……智晶さんの好きにして」

少し照れた感じで顔を横に伏せた咲良もちょっと緊張気味のようだ。

一年感待った分、気持ちの昂ぶりが大きいのかもしれない。

「いくよ」

自分がしっかりしなければと思うが、身体がフワフワとしているような不思議な感覚だ。

もう流れに身を任せるしかないと、智晶は力が入らない手で彼女の白い脚を持ちあげると、肉棒をゆっくりと前に押し出した。

「あっ、くうん」

亀頭部が膣口を拡張し始めると、咲良が少し白い歯を食いしばって苦しげな表情を見せた。

人よりもかなりサイズが大きな智晶の怒張は、持ち主の緊張とは裏腹に破裂しそうなくらいに勃起しているので、痛かったのかもしれない。

「だ、大丈夫？」

自分が巨根であることをようやく思い出して、智晶は慌てて腰を止めた。

ただ先っぽが入っているだけなのに、濡れた媚肉の熱さが伝わってきてもうたまらなかった。

「へ、平気……倫子さんから聞いてたけど……すごく大きいからびっくりしただけ」

慌てて腰を引こうとする智晶の手に自分の手を添えて、咲良は大きな瞳を向けてきた。

「あ、で、でも、誰かと比べてるとかそんなんじゃないから、あの」

自分が言った言葉が、他の肉棒と智晶のモノを比べているともとれることに気がついて咲良は慌てて言い訳をし始めた。

智晶はそんなことは考えていなかったのだが、裸で脚を大きく開いた状態で焦りまくっている姿が妙におかしい。

「そんな過去のことなんかどうでもいいよ。いまは咲良さんと二人でこうしていられるのが嬉しいんだ」

過去という話をすれば、智晶のほうこそとんでもない行いばかりだ。

恥じらい狼狽える彼女を見ていると緊張が解けてきて、智晶は横たわる咲良に覆いかぶさりながら軽くキスをした。

「いくよ咲良さん」

「うん、きて智晶さん」

唇が離れたあと、咲良は上にいる智晶の背中に腕を回して強くしがみついてきた。

智晶にすべてを委ねるという覚悟を感じる。

「あっ」

先端だけ入っていた怒張をゆっくりと前に出すと、咲良が小さく唇を開いてのけぞった。

濡れた媚肉が亀頭を食い締めてくるのを感じながら、智晶は自分の身体ごと前に出ていく。

「ああっ、智晶さん、あ、あああっ、大きい」

大きさの話はしないつもりでも思わず声が漏れてしまうのだろうか、咲良は目を閉じて悶えながらそんなことを呟く。

頬がピンクに染まり、仰向けの上半身がなんども畳の上でのけぞった。

「咲良さんの中のすごく熱いよ」

愛液にまみれた咲良の媚肉は智晶の怒張を迎え入れるのを歓喜するかのように、グイグイと絡みついてくる。

気持ちの昂ぶりもあって快感がかなり強く、油断したらすぐにでも達してしまいそうだ。

「もうすぐ全部入るよ、くっ」

膣奥に近い場所はさらに狭くなっていて、智晶はこもった声を漏らしながら怒張を突き出す。

最後だけはもう本能的に強く腰を押してしまい、亀頭部が彼女の最奥に強く食い込んだ。

「あっ、あああん、智晶さん、あああっ、あああ、奥に、ああああん」

万感の想いを込めた智晶の一突きに咲良のグラマラスな白い身体が大きく弓なりに

なった。

「はあはあ、全部入ったよ……咲良さん」

興奮に声をうわずらせながら智晶は、こちらも息を荒くしている咲良を見つめて声をかけた。

「う、うん、智晶さんのがお腹の中まで来てる感じがする」

頰をピンクに染め額に少し汗を浮かべた咲良は、潤んだ瞳を智晶に向けて少し笑う。

その幸せそうな表情が智晶の心を嬉しさで満たしていくのだ。

「すごく幸せ、あっ、ああん、あっ、動いたら、ああっ、だめっ」

智晶のほうを一心に見つめていた咲良が、急に声をあげてまたのけぞった。

どうやら智晶は無意識に腰を動かしていたようだ。

「む、無理、咲良さんの中が気持ちよすぎて」

昂ぶっているのは心だけではなく、濡れた媚肉にグイグイと締められている肉棒も快感に震えていた。

ここで動かないのはもう無理だと、智晶は夢中で腰を使いだした。

「あっ、ああっ、智晶さん、あああん、そんなに動いたら、私、乱れちゃう」

智晶の前で淫らな姿を見せるのが恥ずかしいのか、咲良はしきりに頭を横に振っている。

だが彼女のそんな恥じらう姿に智晶はさらに興奮し怒張を激しくしてしまうのだ。

「ああっ、だめえ、あああん、あああっ、あああぁ」

ただ咲良は羞恥に震えてはいても智晶を拒絶しようとはせず、白い両脚を開いたまま唇を割り開いて喘ぎ続けている。

「咲良さん、だめって言われても止まれないよ、このまま最後まで、くうう」

他の三人としたときには相手を感じさせる余裕が少しはあったように思うが、もういまは自分の欲望に押し流されるように、智晶は腰を振りたてていた。

「うん、あっ、あああああ、智晶さんの好きに、あああん、私も、ああん、だめになってもいい？　はあああああん」

もう興奮に暴走している智晶の腕を摑んで咲良は切ない言葉で訴えてきた。

「うん、たくさん感じて、咲良さん、おおおお」

咲良に覆い被さっていた身体を起こし、あらためて肉感的な太腿を抱え直した智晶はこれでもかと怒張を打ち込んでいく。

仰向けの身体の上で白い巨乳がいびつに形を変えながら弾み、漆黒の陰毛の下でぱっくりと口を開いた膣口に怒張が出入りするたびに愛液が飛び散っていた。

「ああん、あああっ、智晶さん、あああっ、あああん、すごい、あああぁ」

時折、唇を噛んだりしながら咲良はひたすらによがり狂っている。

彼女の顔がどんどん蕩けていく感じがたまらず、智晶はさらに角度をつけ、膣奥の上側に向かって亀頭をピストンした。

「あっ、それだめっ、あああっ、智晶さん、あああ、私もう、あああっ」

そこが咲良のかなり感じるポイントだったようで、かっと目を見開き、喘ぎ声の大きさがさらにあがった。

もうその表情からは恥じらいが消え、ただひたすらに快感に溺れている。

「あああっ、イクわ、あああん、智晶さん、ああっ、ああああ」

畳の上でセミロングの黒髪を振り乱し、咲良は限界を叫ぶ。眉間にシワを寄せながら、智晶の腕を懸命に握りしめてきた。

「くうう、俺ももう、イキそうだよ」

彼女の昂ぶりとともに媚肉もさらに狭くなり、その中を激しくピストンしている肉棒も限界だ。

なにより愛しい咲良がよがり泣く姿を見つめ、燃えあがる心が智晶を至上の興奮に押しあげていた。

「あああ、一緒に、ああああっ、イク、あああ、恥ずかしい、ああっ、咲良、もうだめになる、あああああっ」

愛液に蕩けている膣奥にエラの張り出した亀頭部が激しく打ち据えられ、Ｉカップのバストが踊り狂う。

なんども息を詰まらせる咲良は智晶の下で、白い歯を強く食いしばった。

「イッ、イクうううううう」

大きく開かれたままの両脚を引き攣らせ、咲良は絶頂を極める。

頭を支点にして身体がブリッジするくらいに弓なりになり、揺れる柔乳が彼女の鎖骨のほうにまで寄せられた。

「くうう、俺もイク」

強く絡みついてくる媚肉の中で智晶も思いの丈を爆発させた。

怒張が激しく脈打ち、自分でも信じられないくらいの勢いで精子が放たれた。

「ああっ、智晶さんの、あああっ、すごい、あああっ、熱い」

自分でもどれだけ出るのかと思うくらいの大量の精液を膣奥のさらに深くに向けて放っていく。

そのたびに咲良の染みひとつない下腹部が大きく上下し、射精にすら反応しているように見えた。

「くうう、咲良さん、ああ」

そんな彼女の淫らな反応にさらに興奮を深めながら、智晶は目の前の巨乳を揉み、果てしなく精を放ち続けた。


「あっ、あん、だめっ、身体くらい自分で洗えるから、智晶くん」

今回は遠慮なくガスも使えるので、二人は一緒にお風呂に入っていた。

湯気にけぶる古家の雰囲気も残した浴室で、タイルの壁に両手をついて立つ咲良の後ろから智晶がしがみついていた。

「だめだよ、咲良さんの身体を俺が綺麗にしてあげるんだから」

ボディソープにまみれた両手を彼女の背後から回し、たわわな乳房に塗《ぬ》り込む。

洗っているというよりはほとんど揉んでいるだけの動きで、智晶は指をＩカップの柔乳に食い込ませる。

（柔らかい……指がどこまでも食い込んでいく……）

もともと肌が滑らかな上に、そこに石鹸のぬめりも加わっているので、乳房が自分の手の中で溶けていくような感触だ。

まう。

「あっ、だめっ、智晶くん、あああっ、そこは、はあああん」

十本の指を大きく動かしているので、時折、ピンクの乳頭部にどうしても触れてし

するると咲良は敏感に反応し、こちらも石鹸がまとわりついた背中をのけぞらせる。

「あっ、ああっ、やっ、先ばかり、ああん、いやあああん」

彼女の喘ぎ声が聞こえてくると智晶は余計に興奮し、両方の乳首を摘まんでこね回していく。親指と人差し指でグリグリとひねると、咲良の声がさらに甲高くなり、先端部が硬く勃起してきた。

(ほんとうにそそる身体……)

乳房だけでなく、ほどよくくびれた感じのするウエスト。そこからこれでもかと膨らんでいるプリプリとしたお尻。

太腿も柔らかく肉が乗り、そしてすべてが染みひとつない白肌をしている。

目が離せないくらいに男の情欲をそそる咲良に肉体に、智晶は目をぎらつかせながら、手をさらに下に持っていく。

「今度はお尻も綺麗にしてあげる」

完全にスイッチが入っている智晶は、両手で豊満な尻肉をこねるようにしてボディ

ソープを塗り込んでいった。

自分の手のひらの中で巨尻がいびつに形を変える感じが、またたまらない。

「ああっ、智晶さん、そこだめ、咲良のお尻見ちゃいや」

最近、さらに大きくなっているというヒップに智晶がずっと目線をやっているのを、壁に手をついたまま顔だけを後ろに向けた咲良が気がついた。

ただ恥じらいのあまり自分のことを下の名前で呼んでいる彼女に、智晶はさらに情欲をかきたてられるのだ。

「じゃあ、お尻じゃなくてこっちがいいの？」

二つのムチムチの尻たぶをずっと揉んでいたいが、もっと先に進むべく智晶は手を彼女の太腿の間に滑り込ませた。

そしてまだ口を開いたままの膣口を大きくかき回す。

「ああっ、そこは、ああっ、はあああん」

咲良は一気に声を大きくして、肉感的な白い脚を内股気味によじらせる。

身体の前で巨乳がブルンと弾んで、泡にまみれた白肌が波打っていた。

「あらら、お嬢さん、ここはもうドロドロですよ」

咲良の媚肉にはねっとりと愛液が絡みつき、外まで溢れ出していた。

「あああっ、だって智晶さんがエッチなことするから、ああっ、だめっ、ああ」

恥じらいながらも咲良は淫らによがり、濡れた髪を振り乱している。

「ああん、だめっ、ああっ、力が、ああ……」

クチュクチュと湿った音が股間からあがる中、咲良はズルズルと腰を折っていく。

それを支えようと彼女の身体を引き寄せると、ちょうど立ちバックで男を受け入れる体勢となった。

「咲良さん、このまま入れるよ」

当然だが一年間連絡なしでも諦められなかった咲良を前にして、肉棒は一度くらい射精しただけでは収まりがつかない。

すでに硬く勃起している巨大な逸物を智晶は、目の前に突き出されている巨尻の谷間に押し込んでいった。

「あっ、ここでなんて、ああああん、だめっ、あああん、あああああ」

一応、嫌がっている言葉は発しているが、咲良は腰を九十度に折った白い身体を震わせるだけでしっかりと智晶を受け入れている。

完全に蕩けている媚肉を一気に引き裂いて、智晶の怒張が咲良の子宮口を抉った。

「ああっ、ひあああああん、深い、ああん、あああ」

入れた瞬間から咲良は激しくよがり、立ちバックのまま白い身体をくねらせている。自分の肉棒で彼女が乱れていくのがたまらなく嬉しく、智晶はすぐに強いピストンを始めた。

「あああん、智晶さん、ああああっ、すごい、あっ、あああん、あああ」

上半身の下でさらに大きさを増しているように思える巨乳が釣り鐘のように弾け、勃起したピンクの乳首と共に踊っていた。

「くう、咲良さんの中がすごくいいから、くうう、ううう」

亀頭が濡れた媚肉を擦るたびに、強い快感が頭の先まで突き抜けていく。

もともと身体の相性がいいのだろうか、智晶は溺れるような気持ちで、これでもかと腰を振りたてた。

「あっ、ああああん、私、ああっ、もうおかしくなる、あああああん、はあああん」

風呂場の床についた白い脚をガクガクと震わせながら、咲良はひたすらに喘ぎ狂う。

「あっ、はあん、あっ、もうだめっ、ああっ、お風呂で、ああっ、イッちゃう、だめな子になっちゃう」

巨乳を激しく踊らせながら、咲良は壁についた両腕の間から顔を出して、最後の力を振り絞るように言った。

その濡れた大きな瞳がとまどう少女のようないじらしさをみせる。

「いいよ、お風呂でイッて、知らないお客さんも入るこのお風呂でイクんだ」

恥ずかしがる彼女を少しいじめながら、智晶は激しく肉棒をピストンする。

男の腰が強く豊満な桃尻にぶつかり、ピンクに染まった尻肉が大きな波を打った。

「あああん、ひどいい、あああ、言わないで、いやっ、あああん、でも、あああ」

智晶の言葉にさらに羞恥心を加速させている感じに見える咲良だが、もう快感に逆らうのは無理な様子だ。

もちろん智晶は休まずに怒張をこれでもかと前後させた。

「あああっ、もうだめっ、あああっ、イク、咲良またイッちゃう、ああっ」

湯気に曇った風呂場の中に雄叫びのような声を響かせて、咲良はのけぞり今日二度目のエクスタシーを極めた。

一瞬だけこちらに向けられた黒い瞳がなんとも妖しく挑発的で、智晶は背中がゾクリとした。

「くうう、咲良さん、俺も出る、ううう」

純で恥ずかしがり屋の彼女が見せた淫女のような目つきに震えたのと同時に、強い快感が怒張から湧きあがった。

呻《うめ》き声をあげた智晶は濡れ堕ちた膣奥に向かって精液を打ち込んだ。

「ああぁっ、はうっ、あああぁん、またたくさん、ああん、あああ」

立ちバックの身体を断続的にのけぞらせながら、咲良は脈打つの怒張から放たれる粘液をしっかりと受け入れている。

「ああっ、ううっ、すごいよ、ううう」

もう本能の赴《おもむ》くがままに智晶はその怒張を最奥にまで打ち込み、一滴残さず彼女の中に放出した。

「あ……ああ……智晶さん……ああ」

壁に体重を預けるようにしてうなだれている咲良の中からようやく、智晶の肉棒が引き抜かれる。

ぱっくりと口を開いた状態の膣口から、白い粘液が溢れ出して糸を引いて風呂場の床に滴り落ちた。

「咲良さん」

そんな彼女を智晶は強く抱き寄せ、キスをする。

顔だけを捻って答えてくれた咲良の唇を、もうなにがあっても離さないとばかりに貪るのだった。

第七章　搾られ肉宴

「ん……もう朝か……」

なんどもここに泊まった民宿の二階の部屋で目覚めると、窓から夏の陽射しが差し込んでいた。

「咲良さん……」

隣を見るとタオルケットを被った咲良が白い肩を出して眠っている。

彼女の静かな寝息が昨日のことが夢ではないと確信させ、智晶の心は幸せで満たされるのだ。

「あ……おはよう……」

白く艶やかな頬を見つめていると、咲良が目を覚ました。

身体を起こすのと同時にタオルケットがずれて、Ｉカップの巨乳がこぼれ落ちた。

「きゃっ」

慌てて隠そうとする咲良だが、乳房が大きすぎるせいか腕の隙間から白い柔肉が飛び出している。

「いまさらそんなに恥ずかしがらなくても……」

「だって……やっぱり恥ずかしい」

乳房どころではない、まさに奥の奥まで智晶に見られているというのに、頬をピンクに染めている彼女に智晶はムラムラしてきた。

「咲良さんっ」

一気に欲望を加速させた智晶は、上半身だけ起こしている咲良を勢いよく押し倒した。乳房の上から彼女の腕を引き剝がし、ピンク色の乳頭にしゃぶりつく。

「あっ、えっ、智晶さん、朝から、あああっ、昨日、五回もしたのに」

乳首を舌で転がされる快感に喘ぎながら、咲良は驚いた顔をしている。

数えてはいないが、お風呂を出たあとも夜中までずっと求めあっていたのでそのくらいはしていたかもしれない。

「一年分するよ、ずっとこうしたかったんだから」

巨乳の先端から唇を離した智晶は、布団に横たわる彼女に覆いかぶさりながら、唇を重ねていく。

「んんん……んく……んんんん」

舌を差し入れ唾液を絡ませると、咲良の両腕が智晶の背中をギュッと抱きしめてきた。

「あふ……んんん……もう……じゃあ今朝は私のほうから」

しばらく唇を貪りあったあと咲良は淫靡な笑みを浮かべ、智晶の身体を押し返した。

「えっ？」

されるがままに布団に座る形になった智晶の股間に、身体を起こした咲良が顔を寄せてきた。

「もう元気になってる……あふ……」

暴走する若さゆえ、あっという間にギンギンの智晶の逸物にピンクの舌が這う。

チロチロとした動きで裏筋やエラを丁寧に舐めていた。

「は、はうっ、咲良さん、くううう」

昨日はずっと智晶がリードしていたから、咲良から責められるのは初めてだ。

慈しむように怒張を舐める愛しい彼女。それを見つめているだけで智晶は興奮に全身が震えだした。

「うふふ、ヒクヒクしてる、大きいのに可愛い」

そして咲良が初めて見せる、淫靡な欲望が込められたような眼差しが、昂ぶりをより加速させる。

大きなお尻を後ろに突きだして上体を屈めた女豹のポーズで肉棒を舐める咲良の淫靡さに、智晶はどんどん魅入られていった。

「もっと気持ちよくなってね智晶さん」

一気に淫女になった気がする咲良は、唇を離して自らの巨乳を持ちあげた。

「そ、そんなことまで咲良さん、くうう、はうっ」

急に大胆になった咲良の行動に智晶は驚きながらも抵抗は出来ない。

艶やかな肌の柔らかい肉に逸物が包み込まれる快感に一瞬で全身の力が抜けたのだ。

「おっぱいでなんかしたことなかったんだけど……もしかしたら智晶さんとって思って勉強してきたんだ。どう？」

そんなことを言いながら咲良は自分の手にある巨乳を大胆に上下に揺すってきた。

このよどみのない動きを見ているともしかしたら咲良は練習までしてきてくれたのだろうか。真面目な咲良が自分のためにパイズリの訓練をしている姿を想像すると興奮がより深まっていく。

「ど、どうって、くううう、最高、うううん」

激しく上下に動く柔乳が、亀頭のエラから裏筋、竿に至るまでを密着しながら擦りあげてくる。

快感が凄まじく、もうまともに会話をすることすら出来ずに間抜けな声をあげて喘ぐばかりだ。

「智晶さんが悦んでくれて私も嬉しい、んんん」

妖しげに潤んだ瞳で智晶を見あげていた咲良の唇が開き、再びピンクの舌が現れた。

巨乳の谷間から顔を出している亀頭部の尿道の部分に舌を差し出しチロチロと舐めてきた。

「くうう、はうっ、咲良さん、くう、俺だめっ、イク」

このまま射精したらまずいという思いはもちろんあるが、一瞬の余裕もなく愚息は暴発してしまう。

根元が強烈に締めつけられて強い快感が走り、精液が勢いよく飛び出した。

「きゃっ」

ちょうど谷間から出ていた亀頭を舐めていた咲良の顔に白い粘液が強くぶつかる。

もちろん避ける暇などなくピンクの唇のみならず、張りのある頬や形のいい顎にまで糸を引いて滴り落ちていった。

「くうう、ごめん、咲良さん、あああ、ああ」

謝りながらも射精を止めることは出来ず、智晶はなんども咲良の顔面に向かって精を浴びせる。

ただ申しわけないと思いながらも、可愛らしい咲良の顔が生臭い男の精に染まっていくことに智晶は奇妙な興奮を覚えていた。

「いいよ、智晶さん、好きなだけ出して」

ただ咲良のほうは怯むどころか、巨乳を大きく振りたて脈打つ怒張をしごいてきた。

「すごいまだ出てる、んんんん」

最後はとどめとばかりに亀頭にしゃぶりついて吸ってきた。

「はうっ、咲良さん、くううう、あうううう」

パイズリで達したあとに、愛しい彼女の口内で最後の精を放ち、智晶はいま自分はほんとうに天国にいる、真剣にそう思った。

「あっ、あああん、智晶、あああっ、激しい、あっ、あああ」

まさに昇天するような思いで射精させてもらえた智晶は、お礼とばかりに咲良を突きあげていた。

射精後も萎《しぼ》むことを忘れたかのように屹立したままの怒張を、咲良の膣口に押し込み、背面座位の体位で抱えながら下からピストンしていた。

「ああん、すごい、ああっ、あああっ、智晶、私、イキそう、ああ」

「いいよ、イッて、何回イッてもいいよ、咲良」

とくに確認などはせずに二人は互いの下の名を呼び捨てて呼びあっていた。

もう身も心も蕩ける思いで激しく求めあい、智晶は汗に濡れた咲良の背中にキスをしながら怒張を突きたてた。

「あああっ、そんなの許して、ああっ、私、スケベな女になっちゃうから、ああ」

息が乱れ、目も虚ろな感じで智晶の膝の上でよがる咲良が、顔だけをこちらに向けて訴えてきた。

「なってよ、今日もカラカラになるまで咲良を突いて、スケベな女にしてあげる」

なんど淫らな行為をしても恥じらいを忘れない咲良に、また欲望をかきたてられ、智晶は彼女の腰を摑んで怒張をピストンさせた。

「ああっ、そんなの、死んじゃうわ、でもイッちゃう、ああっ、イクううう」

Ｉカップの双乳をこれでもかと踊らせながら、咲良は背中をのけぞらせる。

だらしなく開かれた両脚がビクビクと痙攣を起こし、智晶の股間に密着している巨尻がなんども波を打った。

「はあはあ……少し休む？　咲良」

「うん」

自分はまだ達していなかったが、さすがに咲良のほうは息も絶え絶えな感じで、智晶は肉棒を彼女の中から引き抜いた。

こちらを向いた咲良の顔が目前にきたとき、自然とキスをした。

「まったく、朝からずいぶんとお熱いわねえ」

絶頂の余韻が残る咲良を顔を見つめながら、なんど射精しても肉棒が収まるはずがないと思っていたとき、襖が開いて声がした。

「きゃっ」

開いた襖の向こうにある廊下には、友梨香と倫子、そして瑠衣が勢揃いしていた。

彼女たちがいることに驚いて、咲良はそばにあったタオルケットを慌てて身体に巻く。智晶も一応、手で勃起したままの怒張を隠した。

「あはは、そのデカチンが手なんかで隠れるわけないじゃない。先っぽが飛び出してるって」

「やだーお兄ちゃん」

倫子はいつも通り口が悪く、瑠衣も照れたように顔を隠しながらも指の間から飛び出した亀頭を見ている変な子だ。

「いっ、いったいいつから」

セックスに熱中するがあまり、彼女たちの存在にまったく気がつかなかった。

どのタイミングで三人はやってきていたというのだろうか。

「うふふ、けっこう最初からかな。咲良さんっ、俺」

不気味に笑って友梨香が隣にいた倫子にシャツ姿の身体を覆いかぶせた。

「あん、智晶さん、昨日、五回もしたばかりなのに、お口とパイズリで勘弁してぇ」

友梨香の下になった倫子が爆笑しながら朝一番の咲良と少し違うセリフを口にする。

どうやらほぼ最初から二人の行為を見ていたようだ。

「み、見られた……舐めてるところから、おっぱいでしてる姿まで」

咲良が下を向いてブツブツ言い出した。一年前、庭に作った臨時の風呂でキスしているときに、瑠衣の父親がやってきた際と同じ落ち込み顔だ。

「お兄ちゃん、私にもお裾分け」

Tシャツにショートパンツ姿だった瑠衣が驚く早さでそれらを脱いで、ブラジャーも放り投げた。

プルンと弾んだ美しい形の乳房は去年と同じだが、大きさが少し増しているように思えた。

「友梨香さんと倫子さんに言われて、一年間連絡するのやめてたんだから」

膝立ちの智晶の前で四つん這いになって、大きな瞳で見あげながら呟いた。

「えっ？」

一年間待ったとはどういうことなのか、驚いた智晶も、そして咲良も廊下に立つ二人の美熟女を見た。

「あんたたちがくっつくかどうか見極めるまでは、ちょっかい出すのは卑怯《ひきょう》だと思ってね。でもいつまでたっても進展しないから、セッティングしたわけよ」

感謝しろとばかりに友梨香が呆れたように言う。

「ほんと、咲良ちゃんも智晶くんとどうするのって聞いても俯くだけだもん、中学生かっつうの」

開いた襖に肘をおいてもたれながら倫子がぼやいた。どうやら咲良も智晶に連絡をとろうと思いながらも躊躇していたようだ。

「咲良……」

そんな彼女がまた愛おしくなって智晶はそばでタオルケットを身体に巻き付けて座

っている咲良を見た。

事実を知られた咲良が顔を真っ赤にしているのもまた可愛らしい。

「だからもう遠慮なしでいいよね。あふっ」

「はっ、はうっ」

咲良と見つめあう中で意識から外れていた瑠衣が、いきなり股間を隠す手からはみだしている亀頭部にしゃぶりついてきた。

温かくねっとりとした口内の粘膜に男の敏感な箇所が包まれ、智晶は膝立ちの身体を震わせて情けない声をあげた。

「だ、だめっ、瑠衣ちゃん、やめて」

そんな長い時間を経て恋人になれた智晶の肉棒を美味しそうにしゃぶる、イエローのパンティだけの美少女を咲良が慌てて止めようとする。

「えー、貸してよちょっとくらい。じゃないとこれの中身出しちゃうよ」

そこにいつの間にか黒の派手目なパンティ一枚になってGカップの巨乳を揺す友梨香が、小さなビニール袋を持ってきた。

「きゃあああああ、虫！」

透明のその中には何匹かの虫の死骸が入っていた。

小さめの見た目も可愛い虫だが、咲良は悲鳴をあげ、驚くような速さで壁際まで逃げていった。

「あらあ、そんな小さな虫で泣きそうになってたら大変よ。ほらこれ」

こちらもパンティだけになってHカップを丸出しにした倫子が、ムカデの入ったビニールを取り出した。ただよく見ればわかるがゴムのオモチャだ。

「ひいいい、ムカデ、いやあああ」

パニック状態になっている咲良は完全に本物と思い込んでいて、涙を流して絶叫している。

「さ、咲良さん、いっ、いてええ」

慌てて咲良を助けに行こうとした瞬間、瑠衣が亀頭を吸いながら玉袋を強く握ってきた。痛みと快感が交錯し、立とうにも脚に力が入らない。

「ねえ、ちょっとだけ智晶くん貸してよ。一年も我慢したんだから」

二人の熟女はいずれ劣らぬ巨乳を揺らしながら、壁際でタオルケットにくるまってへたり込んでいる咲良に迫っている。

一種異様な光景で智晶はぽかんと口を開いたまま見とれてしまった。

「わかりました。智晶がいいなら私はかまいませんから、虫いやああ」

目の前に突き出された二つの袋に咲良は降参してしまった。

「咲良さん、そんなの」

友梨香たちはおふざけ半分だろうが、咲良が嫌がるなら智晶はするつもりはない。

「うふふ、お兄ちゃん、瑠衣も成長したでしょ、んんんんん」

なんとか咲良のところに行こうとする智晶の怒張を喉の奥のほうまで誘い、瑠衣は長くなった黒髪を揺らして強く頭を振った。

「ふあっ、くううう、はううううう」

瑠衣の柔らかい喉の粘膜がゴツゴツと亀頭のエラや裏筋にあたり、智晶は情けない声をあげて腰を震わせてしまう。

「私たちがこうなれたのも皆さんのおかげだから……二日だけなら私も……だから早く虫かたづけてください」

声はかすれているが、少し冷静になった感じで咲良は智晶を見つめて言った。

「それがお礼になるのなら……でも私もちゃんと抱いてくれなきゃ、虫、いやっ」

真剣な眼差しを智晶に向けて咲良は続けた。女たちの無茶苦茶な理屈が押し通されているように思えるが、一応、納得だけはしている様子だ。

「ちょっと待って……くううう、ふ、二日って、ううう」

もちろん智晶も友梨香や倫子の配慮に感謝の気持ちはあるから、お礼をするのはかまわない。

ただ咲良の二日という意味がちょっと引っかかった。

「あら、聞いてなかったの？　倫子様、咲良様、昨日から三泊のご予定の宿泊でございます」

虫の入った袋を遠くに投げ捨てて、友梨香が不気味に笑った。

「夏休みの一番値段が高いときに三泊だからずいぶんと高くついてるんだからね。頑張ってもらうわよ」

今度は倫子が指を鳴らしながらこちらを振り返った。揃ってパンティ一枚の姿でたわわな巨乳を揺らしながら、こちらに迫ってくる。

「ええっ、明後日までって、嘘でしょ、ええっ、はうっ」

底なしの性欲を持つ女三人に、咲良を加えた四人を相手にすると考えると、もう智晶は生きた心地がしない。

だが肉棒に吸いついている瑠衣が激しく舌を動かすと、甘い快感に腰が震えてもうなにも考えられなくなってしまうのだった。

「はああん、お兄ちゃん、あああっ、そこ、あああっ、あああああ」

三日間でどれだけ搾り取られるのかと頭が痛くなった智晶だったが、行為が始まると全開で肉棒を突きあげてしまう。

女たちに求められるがままに、その巨乳を揉みしだき膣奥に向かって拳大の亀頭を打ち込む。

「あっ、あああああん、すごい、あああっ、瑠衣、狂っちゃうよう、ああ」

いまは瑠衣と対面座位で向かい合い、彼女の大きくくびれた腰を摑んで身体ごと揺すっている。

そうすると亀頭が濡れた媚肉をかき回し、瑠衣は美少女顔を歪ませてよがるのだ。

「ああっ、お兄ちゃん、ああん、これ、あああ、たまらない」

一年ぶりの瑠衣はさらに淫らになった感じがする。張りの強いEカップを踊らせて智晶の首に懸命にしがみついている。

畳の上には先にした友梨香と倫子がぐったりと肉感的なボディを投げ出していた。

二人とも満足げに瞳を潤ませ、隠すこともしていない丸出しの秘裂から白い精液が滴っていた。

「瑠衣ちゃん……はあはあ」

咲良のパイズリで一回、友梨香と倫子の中に一度ずつ、起きてから三回連続で射精したというのにまだ肉棒は昂ぶったままだ。

自分でも少しおかしくなっているのではと思うが、三人の淫らな肉体に溺れるように智晶は求め続けていた。

（咲良……）

ただ恋人となった咲良のことが頭から消えているわけではない。

壁際に座っている咲良はタオルケットにくるまったまま、大きな瞳でじっと他の女を抱く智晶を見つめている。

その瞳が怒りや悲しみではなく、淫らで欲望がこもったような色に染まっているように見えるのは智晶の思い込みだろうか。

「はっ、はああん、瑠衣、もうイキそう」

肉棒のほうは激しく瑠衣の秘奥を突き続けている。ドロドロに溶けた膣の粘膜を張り出した亀頭のエラが高速で抉っていた。

「あああっ、はあああん、すごくいい、ああっ、あああ」

瑠衣の変化は見た目だけではなく感度のほうもかなりあがっていて、細身の全身を蛇のようにくねらし、自ら求めるように可愛いお尻を智晶の股間に擦りつけてくる。

さっきセックスをするのは一年ぶりだと本人が話していたが、焦らされていた分、感度があがっているのかもしれなかった。

「ああああっ、ああっ、瑠衣、あああああっ、もうイッちゃう、あああ」

長くなった黒髪を振り乱し、瑠衣は白い歯を見せながらひたすらに狂う。

張りの強い美乳が千切れそうなくらいに弾み、しなやかな両脚が智晶の腰をぐっと締めあげてきた。

「イク、瑠衣、イクうううううううう」

去年よりもさらに激しい反応を見せた瑠衣は、大きな瞳を泳がせながらエクスタシーにのぼりつめた。

白い背中が大きく弓なりになったあと、小柄な身体のすべてを波打たせて痙攣している。

「はうっ、あああああん、すごい、お兄ちゃん、あああっ、好……あああ」

その言葉を飲み込みながら、瑠衣はガクガクと身体を震わせ、やがてがっくりと頭を落とした。

咲良と智晶が恋人同士なのだということを慮《おもんぱか》ったのだろう。性感だけでなく心のほうもこの一年で大人になっている。

「瑠衣ちゃん……んんん……」

そんな彼女の思いに胸が締めつけられ、智晶は膝の上で向かい合う細身の身体を抱き寄せてキスをし、激しく舌を絡ませた。

彼女の思いに応えることが出来ない智晶には、こうするしかなかった。

「あっ、ああ……お兄ちゃん……すごくよかったよ」

熱いキスで智晶の気持ちも伝わったのか、瑠衣は満足げに微笑みながら目の前の智晶の肩にしなだれかかってきた。

ただ身体のほうは女の絶頂の余韻を楽しむかのように、腹部をヒクヒクさせているのがいやらしかった。

「瑠衣ちゃん……はっ」

そんな妹分の身体を横たわらせた智晶は、自分をじっと見据える視線に気がついて振り返った。

さすがに瑠衣の中で射精まではいかなかったが、彼女のきつい媚肉といじらしさに魅入られるあまり、わずかな時間だが咲良のことが意識から消えていた。

「咲良、あの……その……」

自分が愛する女はもちろん咲良だけだ。彼女も認めてるとはいえ、最後のキスはさすがにまずかったか。

「智晶、私……」

身体に巻いていたタオルケットを放り投げた咲良は、いろいろな液体でシミだらけになっているシーツに座る智晶にしがみつきキスしてきた。

「んんん……」

普通の女性なら他の女の汗がついた布団など嫌がりそうなものなのに、咲良はそんなものは気にならないとばかりに智晶の舌を貪ってきた。

(なんてエッチな目……)

舌を絡ませながら時折開く咲良の大きな瞳に、智晶は吸い込まれそうになる。

なんとも淫らな光をたたえ、ピンクに染まっている頬も相まって彼女がもう欲望をこらえきれないのだと感じさせた。

「んんん……ぷは……智晶はなにもしなくてから」

息を荒くしてそう言った咲良は、智晶の肩を押して布団の上に仰向けにさせた。

そして瑠衣の中では射精しなかったため天井を向いて屹立している怒張に、自ら跨がってきた。

「あっ、ああぁっ、これ、ああぁん、大きくて、ああ、硬くて、ああぁん、いい」

普段の恥ずかしがり屋の彼女からは信じられないくらいに大胆に脚を開き、ドロドロに濡れている秘裂に亀頭を飲み込んでいく。

「はうっ、あああっ、すごい、あああん、ああっ」

陰毛もアナルも晒したがに股の美女が、激しく喘ぎながら大きなお尻を智晶の上に下ろしてきた。

「くうう、咲良、ううっ、すごく締まって」

別人のような妖気をまとい男の逸物を飲み込んでいく咲良に、智晶も異常なくらいに興奮していく。彼女の燃えあがりに反応している媚肉の絡みつきもかなりで、怒張があっという間に痺れていった。

「あっ、ああああん、だって、あああっ、智晶のおチ×チンが、すごいから、ああ」

言葉の通り、咲良は自ら大胆に腰を上下させて肉棒を貪る。

Ｉカップの美しい巨乳が一拍遅れて大きく弾み、尖りきったピンクの乳首が踊り狂っていた。

「ああ、気持ちいい、あああん、たまらない、あああああ」

半開きの唇から白い歯を覗かせながら、咲良はなんども天井を見あげるくらいにのけぞっている。

彼女がここまで自我を崩壊させていることに、智晶は悦びと愛しさがこみ上げ、自然と腰を上に突きあげるのだ。

「ああぁっ、智晶は動かなくて、ああっ、いい、あああん、奥に、ああ、私の奥」

彼女自身の動きに智晶のピストンも加わり、騎乗位で繋がっている女体が大きく弾んで巨乳がさらに波打つ。

「どこがいいんだ咲良っ」

ほとんど叫ぶような声で智晶は顔を虚ろにしている咲良を見つめて言った。

「あああん、そんなの、あっ、はあああん、きつい、あああっ」

さすがにそれを口にするのは恥ずかしいのか、一瞬だけ躊躇を見せた咲良を智晶はさらに強く下から突きあげた。

汗ばんだ肉感的な身体ごとバウンドするくらいの激しいピストンを、他の三人が驚いた顔で見ているがもう気にならない。

「ああああっ、おかしくなる、ああん、オマ×コ、ああっ、咲良、オマ×コの奥がすごくいいの、あああっ、もうイクよう、ああ、智晶、あああ」

禁断の言葉を口にした咲良は下にいる智晶の両手を細い指で握って叫んだ。

「咲良のいいところをいっぱい突いてあげるよ。イクんだ、おおおお」

智晶はしっかりと指を絡ませてると、最後のとどめとばかりに怒張を激しく濡れた最奥に突きあげる。

愛液にまみれた膣奥にガチガチに硬化した亀頭がなんども打ち込まれ、そのたびに咲良の半開きの唇から絶叫があがった。

「あああああ、咲良、イクううううううう」

Ｉカップの巨乳を狂ったように踊らせながら、咲良は智晶に跨がる身体を大きくのけぞらせてのぼりつめた。

その姿はまさに一匹の牝の獣で、最後の瞬間、さらに腰を突き出して、自ら亀頭をもっと奥へと食い込ませた。

「くうう、咲良、うううううう」

濡れた媚肉がぐりっと怒張を擦り、智晶も限界に達する。

乱れに乱れた愛しい彼女の蕩けた瞳を見つめながら、腰をガクガクと震わせた。

「あああっ、智晶、ああああん、濃いのたくさん出して、あああっ」

暴走状態の咲良はまだ大きなヒップを前後に動かし、自らの女肉を使って肉棒をしごきあげる。

「はうっ、それ、くううう、すごいよ咲良、うう、くううう」

イッている亀頭がさらに刺激される中、智晶はもう蕩ける思いでなんども咲良の奥に向かって精を放ち続けた。

「は、はあ、はあはあ、もうだめ」

そして互いのエクスタシーの発作が収まると、すべてをなくしたように咲良が智晶の横に崩れ落ちた。

「はあはあ、咲良」

咲良の片方の手を握ったまま智晶も大の字に身体を投げ出して、満足感に酔いしれている。

すぐそばで友梨香たちが見つめているのはわかっているが、もう一歩も動けない。

「……さあ、とりあえず朝ご飯でも作ろうかな」

しばらく智晶と咲良の荒い呼吸音だけが和室に響く状態が続いたあと、友梨香が下着だけを着けて立ちあがった。

「そうね」

倫子も瑠衣もそれに続いて下着を身につけていく。

「あっ、私も手伝いますよ」

そしてほとんど自失していた咲良も突然立ちあがって服を着始めた。

「えっ、咲良まで」

まだ智晶は下半身がジーンと痺れているような状態なのに、もう回復している様子で三人と一緒に部屋を出ていこうとする咲良に驚いた。

「智晶はもう少しゆっくりしててね」

最後に出ていく際にこちらを振り返って言った咲良の顔は、まさに別人と言っていいくらいの淫靡な笑みをたたえていた。

「この前、もらった自然薯《じねんじょ》があるからそれをすろうか」

「ニンニクもたくさんありましたよね」

階段のほうから女たちがやけにスタミナ系の食材の話をしている声が聞こえてきた。

「はは、こりゃあ、カラカラになるな俺」

この狂宴がまだ明後日まで続くのだと思うと、智晶はもう乾いた笑いしか出ない。

「でも、いいかそれでも」

去年の五人で閉じ込められた中での淫靡な時間が戻ってきたことを、智晶は幸せに思いながら、窓から差し込む夏の陽射しを見つめるのだった。


（了）

※本作品はフィクションです。作品内に登場する
団体、人物、地域等は実在のものとは関係ありません。

おねだり民宿《みんしゅく》

〈書き下ろし長編官能小説〉

2020年8月18日初版第一刷発行

著者……………………………………………… 美野 晶

デザイン………………………………………小林厚二

発行人…………………………………………後藤明信

発行所………………………………株式会社竹書房

〒102-0072　東京都千代田区飯田橋2－7－3

電　話：03-3264-1576（代表）

03-3234-6301（編集）

竹書房ホームページ　http://www.takeshobo.co.jp

印刷所……………………………中央精版印刷株式会社

定価はカバーに表示してあります。

乱丁・落丁の場合は当社までお問い合わせください。

ISBN978-4-8019-2373-7 C0193